春雨经典·中外文学精品廊

LUXUN ZAWEN JINGXUAN

鲁迅杂文精选

鲁 迅◎著

青|少|年|彩|绘|版

江苏人民出版社

图书在版编目（CIP）数据

鲁迅杂文精选／鲁迅著. — 南京：江苏人民出版
社，2017.2
（中外文学精品廊：青少年彩绘版）
ISBN 978-7-214-20411-0

Ⅰ. ①鲁… Ⅱ. ①鲁… Ⅲ. ①鲁迅杂文－杂文集
Ⅳ. ①I210.4

中国版本图书馆 CIP 数据核字（2017）第 026465 号

书　　　名	中外文学精品廊　鲁迅杂文精选
著　　　者	鲁　迅
责 任 编 辑	许尔兵
责 任 校 对	朱淑鸢
封 面 绘 画	张慕超
插 图 作 者	沈克菲
出 版 发 行	江苏人民出版社
出版社地址	南京市湖南路 1 号 A 楼，邮编：210009
出版社网址	http://www.jspph.com
印　　　刷	新泰市汶南福利彩印厂
开　　　本	710mm×1000mm　1/16
印　　　张	12.5
字　　　数	154 千字
彩 色 插 图	10 幅
版　　　次	2017 年 4 月第 1 版　2017 年 8 月第 2 次印刷
标 准 书 号	ISBN 978-7-214-20411-0
定　　　价	24.00 元

（江苏人民出版社图书凡印装错误可向承印厂调换）

目 录

冷眼向阳看世界，热雨拂面洒江天

——走进鲁迅的杂文世界

今年是鲁迅先生逝世 80 周年，当风云涤荡，历史再度步入改革的风口浪尖时，我们又该如何看待鲁迅呢？

1935 年，亲赴上海万国殡仪馆悼念鲁迅的郁达夫说："没有伟大的人物出现的民族，是世界上最可怜的生物之群；有了伟大的人物，而不知拥护、爱戴、崇仰的国家，是没有希望的奴隶之邦。"

毛泽东一生对鲁迅先生充满着敬意，称颂鲁迅在中国的价值："据我看要算是'中国的第一等圣人'。如果孔夫子是封建社会的圣人，那么鲁迅则就是现代中国的圣人。"到了《新民主主义论》中，他不但称鲁迅是五四以来文化新军的"最伟大的最英勇的旗手"，是"中国文化革命的伟人"，而且一口气写下了五个"最"的话："（他是）最正确、最勇敢、最坚决、最忠实、最热忱的空前的民族英雄。鲁迅的方向，就是中华民族新文化的方向。"

曾几何时，鲁迅是一种文化，是时代的圣人，是民族之魂。

可是，鲁迅自己却说过，他并不追求"不朽"，相反追求"速朽"，他最希望看到的就是自己的思想过时。而他源于对中国的爱之深，对当时社会文化及现象的批判精神仍然是我们这个社会所需要的精神。

当今，我们需要这种深沉的爱，需要犀利敏锐的眼光，需要清醒睿智的头脑。深读鲁迅先生写的杂文，我们能够借古鉴今，深刻反省自身思维的缺陷，反思当下发生的社会现象，保持正确的价值观和立场。这是当下我们需要的。

细读鲁迅的作品，我们发现他有一种特殊的眼光，在一般人看来没有什么问题的地方，他能一眼看出内情，揭示出问题的本质，让人大吃一惊。

比如千古奇文《论"他妈的！"》。"他妈的"堪称国骂，每个中国人都会骂，即使不在公共场合骂，私下也会暗骂。文章里就讲到一个农村趣闻：父子一同吃午饭，儿子指着一碗菜说："这不坏，妈的你尝尝看！"父亲说："我不要吃。妈的你吃去罢！"这里"妈的"就变成"亲爱的"的意思了。

读到这里，一般人可能都会哈哈一笑："妈的，真有趣！"可是鲁迅不是，他溯源国骂来自晋代，那时是门阀社会，凡事讲究门第和出身，寒门子弟很难出人头地，用今天的话说就是很难上位，所以人们就走上"曲线反抗"的道路：你不是靠着父母吃祖宗饭吗？那我就骂"他妈的"，好像这一骂就出气了，心理就平衡了。这是典型的阿Q心理。

偶尔从网上百度"鲁迅"词条，欣喜地看到，信息显示超过1亿条！也就是说，在一个世纪之后，鲁迅依然是我们这个时代的焦点！

当然，我们在对鲁迅表达崇敬的同时，也应看到，他一生批判封建思想和意识，提倡独立的人格，尤其是维护女性的人格；不过，他在对待父母之命的第一次婚姻时，一再犹豫不决，这让我们看到了他平凡人的一面。

茅盾最早说过"不要神化鲁迅",这话回到了本质,因为鲁迅本来是人,不是神。

那么,客观的鲁迅在哪里? 当然在他的作品里。鲁迅的思想在哪里? 也在他的作品里!

鲁迅(1881—1936),原名周树人,笔名鲁迅,字豫山、豫亭,后改字为豫才。浙江绍兴人,青年时代受进化论、尼采超人哲学和托尔斯泰博爱思想的影响。鲁迅原在仙台医学院学医,后从事文艺工作,希望用以改变国民精神。辛亥革命后,他曾任南京临时政府和北京政府教育部部员,并在女子师范大学等校授课。1918 年 5 月,首次用"鲁迅"的笔名,发表中国现代文学史上第一篇白话小说《狂人日记》,奠定了新文学运动的基石,之后,短篇小说集《呐喊》《彷徨》也应运而生。五四运动前后,他参加《新青年》杂志工作,成为五四新文化运动的主将。

鲁迅一生在文学创作、文学批评、思想研究、文学史研究、翻译、美术理论引进、基础科学介绍和古籍校勘与研究等多个领域具有重大贡献。他对于五四运动以后的中国社会思想文化发展具有重大影响,蜚声世界文坛,被誉为"二十世纪东亚文化地图上占最大领土的作家"。

他是 20 世纪中国的主要作家之一,对五四运动后的中国文化产生了深刻的影响,是中国现代小说、白话小说和近代文学的奠基人之一,是新文化运动的领导人、左翼文化运动的支持者。

他一生的著作包括杂文、短篇小说、论文、散文、翻译等近 1000 万字,可谓著作等身,其中杂文集共有 16 本:《热风》《坟》《华盖集》《华盖集续编》(1926)、《而已集》(1927)、《三闲集》、《二心集》(1930)、《南腔北调集》(1932—1933)、《伪自由书》《准风月谈》《花边文学》《且介亭杂文》(1934—1946)等。

毫无疑问,杂文是鲁迅先生一生运用得最多的文学形式,他一共创作了六百多篇杂文。他的文风或严峻凛然,或泼辣犀利,或锋芒毕露,或意味深长。

那么,我们该如何阅读鲁迅的杂文呢?

首先,学习鲁迅的思想。

鲁迅对旧的中国社会有着深刻的认识,对旧的思想道德作过深刻分析和批判。他把几千年封建压迫概括为"吃人"。他以笔为枪,投向旧道德和"国民劣根性"。

在他的呐喊之下,无数国民从沉睡中觉醒,继而踏上革命的道路。很多知识分子从国统区源源不断奔赴革命圣地延安。仅一个艾思奇,就"一卷书雄百万兵"。所以毛泽东评价鲁迅,是"民族解放的急先锋,给革命以很大的助力"。

同时,鲁迅思想在当代也有其重要意义。鲁迅以"精神界之战士"的身份,致力于"改造国民性",这和当下反腐的要求相契合;鲁迅"横眉冷对千夫指,俯首甘为孺子牛",应该作为改革者敢于牺牲的座右铭;鲁迅敢于斗争,永不变节,是改革者最需要的榜样力量;鲁迅先生又说:"我们自古以来,就有埋头苦干的人,有拼命硬干的人,有为民请命的人,有舍身求法的人……虽是为帝王将相作家谱的所谓'正史',也往往掩不住他们的光耀,这就是中国的脊梁。"这也是实现"中国梦"所应该具备的精神内核。

其次,学习他的人格精神。

他对自由的那份向往,对人的独立性的追求,对人的尊严的维护,都是我们很好的榜样。

蔡元培任北大校长,开文化思想兼容并包之风,并在上任的第二年就请鲁迅为北大设计校徽,而由鲁迅设计的、以"立人"为核心理念的北大校徽,一直沿用至今。

同时在鲁迅的杂文中,人格也是不可或缺的元素,"树人"则是他一生执着的追求。"我以我血荐轩辕",鲁迅思想中的人,是"新"的人,"新"在有独立的人格,有自己的思想,不做奴隶,尤其绝不做奴才;并怀抱着"我们自己想活,也希望别人都活""自他两利"的人道和大爱的人。

鲁迅所抨击和反抗的,是扭曲了人性的封建纲常礼教,是否定了人的尊严和价值的封建伦理道德。在《我之节烈观》《灯下漫笔》等文章中,鲁迅猛烈地抨击着腐朽的道德礼教;在为女师大学潮等事件而写的杂文中,极力抨击反动势力。毛泽东曾这样评价过鲁迅:"鲁迅的骨头是最硬的,他没有丝毫的奴颜和媚骨,这是殖民地半殖民地人民最可宝贵的性格。"鲁迅正是这样坚持着走自己的路,并且走在时代的最前沿。

最后,学习他的文字之美。

鲁迅的杂文短小精悍,语言精炼,经常与形象描绘、反语、比喻、幽默等结合起来,巧妙运用,使之反映具有高度的思想内容,表达深刻的道理。

比如《拿来主义》一文中,从全文来看,基本上是一个比喻,用"大宅子"比喻文化遗产和外来的东西。从局部说,正反两方面设喻,先反面设喻批判对待文化遗产的三种错误态度:把拒绝借鉴、害怕污染、不敢选择的逃避主义者说成是"孱头";把割断历史、盲目排斥的虚无主义者说成是"昏蛋";把全盘继承、顶礼膜拜的投降主义者比作"废物"。设喻之新颖风趣,讽刺之深刻犀利,说理之明白畅晓,令人过目难忘、回味无穷。

文章在列举"送去主义"的表现时说:"还有几位'大师'们捧着几张古画和新画,在欧洲各国一路地挂过去,叫作'发扬国光'。""几位""几张"说明大师不多,作品极少,几乎到了少而无奈,寒伧可怜的程度。"捧"字活画出"大师"们毕恭毕敬、诌媚讨好的奴性心理。简简单单的描写,用精

炼、传神的动词，恰如其分的修饰语和限制语，惟妙惟肖地刻画出反动政府卑躬屈膝、崇洋媚外的奴性和媚相。笔锋犀利、深入骨髓！

总之，鲁迅的杂文已达到了那个时代的最高峰，其讽刺艺术也达到了炉火纯青的地步。

作为大师，鲁迅观察之深刻，谈锋之犀利，比喻之巧妙，文笔之简洁，又因其文中时不时溢出几分幽默的气氛，使读者有一种即使喝鸩酒也不畏死的凄厉风味。

他有时冷，目光冷峻，深透"千夫所指"的骨髓；他有时热，拨云见日，让魑魅无处遁形。当我们见到局部时，他见到的却是全部。当我们热衷于把握现实时，他已把握了古今与未来。所以，要扫除雾霾看清国人之血脉，除了读《鲁迅杂文》以外，别无他径。

昌献杰

中外名家眼中的鲁迅和鲁迅杂文

鲁迅的骨头是最硬的,他没有丝毫的奴颜和媚骨,这是殖民地半殖民地人民最可宝贵的性格。鲁迅是在文化战线上,代表全民族的大多数,向着敌人冲锋陷阵的最正确、最勇敢、最坚决、最忠实、最热忱的空前的民族英雄。鲁迅的方向,就是中华民族新文化的方向,就是新生命的方向。

——毛泽东

与其说鲁迅先生的精神不死,不如说鲁迅先生的精神正在发芽滋长,播散到大众的心里。

——叶圣陶

鲁迅先生的死,不仅使中国失去了一个青年的最勇敢的领导者,也使我们失去了一个最真挚最热忱的朋友。 ——郑振铎

看看鲁迅全集的目录,大概就没人敢说这不是个渊博的人。可是渊博二字还不是对鲁迅先生的恰好赞同。 ——老 舍

鲁迅与其称为文人,不如号为战士。战士者何?顶盔披甲,持矛把盾交锋以为乐。不交锋则不乐,不披甲则不乐,即使无锋可交,无矛可持,拾一石子投狗,偶中,亦快然于胸中,此鲁迅之一副活形也。

——林语堂

但他的十余本杂感集,对于中国社会与文化,此十余卷的长篇巨制也许更有价值,实际上更为大众所重视,这就是现代中国,鲁迅作为一个伟大的革命与写实主义作家的特点。他的杂

感,将不仅在中国文学史和文苑里为独特的奇花,也为世界文学中少有的宝贵奇花。

——冯雪峰

鲁迅是真正的中国作家,正因为如此,他才给全世界文学贡献了很多民族形式的,不可模仿的作品。他的语言是民间形式的。他的讽刺和幽默虽然具有人类共同的性格,但也带有不可模仿的民族特点。

——[苏联]法捷耶夫

在他的一生的最后的几个月里,他的夫人和朋友曾劝他出国,但他总是不肯离开中国。他说,他不能在中国这种危急的历史关头离开。他知道他自己病已很深,可是他不能离开他所爱的这片国土。他说中国需要每一个人。我们回答他说,除非他出去休息一年,否则他是不能帮助中国了。但是他希望能够好起来,而他这人是很执拗的。作为一个作家,作为一个执笔的战斗者,他是天才,但这天才太执拗了。也许他预感到自己将不久于人世,所以他情愿死在自己的国土上。 ——[美]史沫特莱

我之节烈观①

"世道浇漓，人心日下，国将不国"这一类话，本是中国历来的叹声。不过时代不同，则所谓"日下"的事情，也有迁变：从前指的是甲事，现在叹的或是乙事。除了"进呈御览"的东西不敢妄说外，其余的文章议论里，一向就带这口吻。因为如此叹息，不但针砭世人，还可以从"日下"之中，除去自己。所以君子固然相对慨叹，连杀人放火嫖妓骗钱以及一切鬼混的人，也都乘作恶余暇，摇着头说道，"他们人心日下了。"

世风人心这件事，不但鼓吹坏事，可以"日下"；即使未曾鼓吹，只是旁观，只是赏玩，只是叹息，也可以叫他"日下"。所以近一年来，居然也有几

① 本篇最初发表于 1918 年 8 月北京《新青年》月刊第五卷第二号，署名唐俟。收录在杂文集《坟》中。

个不肯徒托空言的人,叹息一番之后,还要想法子来挽救。第一个是康有为,指手画脚的说"虚君共和"才好①,陈独秀②便斥他不兴;其次是一班灵学派③的人,不知何以起了极古奥的思想,要请"孟圣矣乎"的鬼来画策;陈百年钱玄同刘半农又道他胡说。

这几篇驳论,都是《新青年》④里最可寒心的文章。时候已是二十世纪了;人类眼前,早已闪出曙光。假如《新青年》里,有一篇和别人辩地球方圆的文字,读者见了,怕一定要发怔。然而现今所辩,正和说地体不方相差无几。将时代和事实,对照起来,怎能不教人寒心而且害怕?

近来虚君共和是不提了,灵学似乎还在那里捣鬼,此时却又有一群人,不能满足;仍然摇头说道,"人心日下"了。于是又想出一种挽救的方法;他们叫作"表彰节烈"⑤!

这类妙法,自从君政复古时代⑥以来,上上下下,已经提倡多年;此刻不过是竖起旗帜的时候。文章议论里,也照例时常出现,都嚷道"表彰节

----

①康有为于1918年1月在上海《不忍》杂志第九、十两期合刊上发表《共和平议》和《与徐太傅(徐世昌)书》,说中国不宜实行"民主共和",而应实行"虚君共和"(即君主立宪)。

②陈独秀于1918年3月,在《新青年》第四卷第三号发表《驳康有为共和平议》一文,驳斥"虚君共和"的论调。

③灵学派:1917年10月,俞复、陆费逵等人在上海设盛德坛扶乩,组织灵学会,1918年1月刊行《灵学丛志》,提倡迷信与复古。在盛德坛成立的当天扶乩中,称"圣贤仙佛同降","推定"孟轲"主坛";"谕示"有"如此主坛者归孟圣矣乎"等语。1918年5月《新青年》第四卷第五号曾刊载陈百年的《辟灵学》,钱玄同、刘半农的《斥灵学丛志》等文章,驳斥他们的荒谬。陈百年,名大齐,浙江海盐人,曾任北京大学教授。

④《新青年》:综合性月刊,五四时期倡导新文化运动、传播马克思主义的重要刊物。1915年9月创刊于上海,由陈独秀主编。第一卷名《青年杂志》,第二卷起改名为《新青年》。1916年底迁至北京。从1918年1月起,李大钊等参加编辑工作。1922年休刊,共出九卷,每卷六期。鲁迅在五四时期同该刊有密切联系,是其重要撰稿人,曾参加该刊编辑会议。

⑤"表彰节烈":1914年3月,袁世凯颁布旨在维护封建礼教的《褒扬条例》,规定"妇女节烈贞操,可以风世者",给予匾额、题字、褒章等奖励;直到五四前后,报刊上还常登有颂扬"节妇""烈女"的纪事和诗文。

⑥君政复古时代:指袁世凯阴谋称帝时期。当时袁世凯御用的筹安会"六君子"之一刘师培曾在《中国学报》第一、二期(1916年1、2月)发表《君政复古论》一文,鼓吹恢复帝制。

烈"！要不说这件事,也不能将自己提拔,出于"人心日下"之中。

节烈这两个字,从前也算是男子的美德,所以有过"节士"①,"烈士"的名称。然而现在的"表彰节烈",却是专指女子,并无男子在内。据时下道德家的意见,来定界说,大约节是丈夫死了,决不再嫁,也不私奔,丈夫死得愈早,家里愈穷,他便节得愈好。烈可是有两种:一种是无论已嫁未嫁,只要丈夫死了,他也跟着自尽;一种是有强暴来污辱他的时候,设法自戕,或者抗拒被杀,都无不可。这也是死得愈惨愈苦,他便烈得愈好,倘若不及抵御,竟受了污辱,然后自戕,便免不了议论。万一幸而遇着宽厚的道德家,有时也可以略迹原情②,许他一个烈字。可是文人学士,已经不甚愿意替他作传;就令勉强动笔,临了也不免加上几个"惜夫惜夫"了。

总而言之:女子死了丈夫,便守着,或者死掉;遇了强暴,便死掉;将这类人物,称赞一通,世道人心便好,中国便得救了。大意只是如此。

康有为借重皇帝的虚名,灵学家全靠着鬼话。这表彰节烈,却是全权都在人民,大有渐进自力之意了。然而我仍有几个疑问,须得提出。还要据我的意见,给他解答。我又认定这节烈救世说,是多数国民的意思;主张的人,只是喉舌。虽然是他发声,却和四支③五官神经内脏,都有关系。所以我这疑问和解答,便是提出于这群多数国民之前。

首先的疑问是:不节烈(中国称不守节作"失节",不烈却并无成语,所以只能合称他"不节烈")的女子如何害了国家?照现在的情形,"国将不国",自不消说:丧尽良心的事故,层出不穷;刀兵盗贼水旱饥荒,又接连而起。但此等现象,只是不讲新道德新学问的缘故,行为思想,全钞旧帐;所

---

①节士:有节操的人。《韩诗外传》卷十:"吾闻之,节士不以辱生,遂奔敌杀七十人而死。"
②略迹原情:撇开事实不谈,而推究本情。
③四支:现代汉语作"四肢"。

以种种黑暗,竟和古代的乱世仿佛,况且政界军界学界商界等等里面,全是男人,并无不节烈的女子夹杂在内。也未必是有权力的男子,因为受了他们蛊惑,这才丧了良心,放手作恶。至于水旱饥荒,便是专拜龙神,迎大王,滥伐森林,不修水利的祸祟,没有新知识的结果;更与女子无关。只有刀兵盗贼,往往造出许多不节烈的妇女。但也是兵盗在先,不节烈在后,并非因为他们不节烈了,才将刀兵盗贼招来。

其次的疑问是:何以救世的责任,全在女子?照着旧派说起来,女子是"阴类"①,是主内的,是男子的附属品。然则治世救国,正须责成阳类,全仗外子②,偏劳主体。决不能将一个绝大题目,都阁③在阴类肩上。倘依新说,则男女平等,义务略同。纵令该担责任,也只得分担。其余的一半男子,都该各尽义务。不特须除去强暴,还应发挥他自己的美德。不能专靠惩劝女子,便算尽了天职。

其次的疑问是:表彰之后,有何效果?据节烈为本,将所有活着的女子,分类起来,大约不外三种:一种是已经守节,应该表彰的人(**烈者非死不可,所以除出**);一种是不节烈的人;一种是尚未出嫁,或丈夫还在,又未遇见强暴,节烈与否未可知的人。第一种已经很好,正蒙表彰,不必说了。第二种已经不好,中国从来不许忏悔,女子做事一错,补过无及,只好任其羞杀,也不值得说了。最要紧的,只在第三种,现在一经感化,他们便都打定主意道:"倘若将来丈夫死了,决不再嫁;遇着强暴,赶紧自裁!"试问如此立意,与中国男子做主的世道人心,有何关系?这个缘故,已在上文说

①阴类:旧时认为女子属于阴性的物类。后文的"阳类"意思相反。
②外子:旧时妻称夫的一个名称,出自《恒言录》。在宋代,妻子也有称自己的丈夫"外人"的,再文雅点的就称做"外子",又简称"外",如老婆给丈夫寄信,就叫"寄外"。
③阁:现代汉语作"搁"。

明。更有附带的疑问是：节烈的人，既经表彰，自是品格最高。但圣贤虽人人可学，此事却有所不能。假如第三种的人，虽然立志极高，万一丈夫长寿，天下太平，他便只好饮恨吞声，做一世次等的人物。

以上是单依旧日的常识，略加研究，便已发见①了许多矛盾。若略带二十世纪气息，便又有两层：

一问节烈是否道德？道德这事，必须普遍，人人应做，人人能行，又于自他两利，才有存在的价值。现在所谓节烈，不特除开男子，绝不相干；就是女子，也不能全体都遇着这名誉的机会。所以决不能认为道德，当作法式。上回《新青年》登出的《贞操论》②。已经说过理由。不过贞是丈夫还在，节是男子已死的区别，道理却可类推。只有烈的一件事，尤为奇怪，还须略加研究。

照上文的节烈分类法看来，烈的第一种，其实也只是守节，不过生死不同。因为道德家分类，根据全在死活，所以归入烈类。性质全异的，便是第二种。这类人不过一个弱者（现在的情形，女子还是弱者），突然遇着男性的暴徒，父兄丈夫力不能救，左邻右舍也不帮忙，于是他就死了；或者竟受了辱，仍然死了；或者终于没有死。久而久之，父兄丈夫邻舍，夹着文人学士以及道德家，便渐渐聚集，既不羞自己怯弱无能，也不提暴徒如何惩办，只是七口八嘴，议论他死了没有？受污没有？死了如何好，活着如何不好。于是造出了许多光荣的烈女，和许多被人口诛笔伐的不烈女。只要平心一想，便觉不像人间应有的事情，何况说是道德。

---

①发见：现代汉语作"发现"。

②《贞操论》：日本女作家与谢野晶子作，译文刊登在《新青年》第四卷第五号（1918年5月）。文中列举了在贞操问题上的种种相互矛盾的观点与态度，同时指出了男女在这方面的不平等现象，认为贞操不应该作为一种道德标准。

二问多妻主义的男子,有无表彰节烈的资格?替以前的道德家说话,一定是理应表彰。因为凡是男子,便有点与众不同,社会上只配有他的意思。一面又靠着阴阳内外的古典,在女子面前逞能。然而一到现在,人类的眼里,不免见到光明,晓得阴阳内外之说,荒谬绝伦;就令如此,也证不出阳比阴尊贵,外比内崇高的道理。况且社会国家,又非单是男子造成。所以只好相信真理,说是一律平等。既然平等,男女便都有一律应守的契约。男子决不能将自己不守的事,向女子特别要求。若是买卖欺骗贡献的婚姻,则要求生时的贞操,尚且毫无理由。何况多妻主义的男子,来表彰女子的节烈。

以上,疑问和解答都完了。理由如此支离,何以直到现今,居然还能存在?要对付这问题,须先看节烈这事,何以发生,何以通行,何以不生改革的缘故。

古代的社会,女子多当作男人的物品。或杀或吃,都无不可;男人死后,和他喜欢的宝贝,日用的兵器,一同殉葬,更无不可。后来殉葬的风气,渐渐改了,守节便也渐渐发生。但大抵因为寡妇是鬼妻,亡魂跟着,所以无人敢娶,并非要他不事二夫。这样风俗,现在的蛮人社会里还有。中国太古的情形,现在已无从详考。但看周末虽有殉葬,并非专用女人,嫁否也任便,并无什么裁制,便可知道脱离了这宗习俗,为日已久。由汉至唐也并没有鼓吹节烈。直到宋朝,那一班"业儒"①的才说出"饿死事小失节事大"②的话,看见历史上"重适"③两个字,便大惊小怪起来。出于真

---

①业儒:指以儒为业、提倡封建礼教的道学家。
②"饿死事小失节事大":宋代道学家程颐的话,见《河南程氏遗书》卷二十二:"又问'或有孤孀贫穷无托者,可再嫁否?'曰:'只是后世怕寒饿死,故有是说。然饿死事极小,失节事极大!'"
③重适:即再嫁。

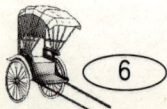

心,还是故意,现在却无从推测。其时也正是"人心日下,国将不国"的时候,全国士民,多不像样。或者"业儒"的人,想借女人守节的话,来鞭策男子,也不一定。但旁敲侧击,方法本嫌鬼祟,其意也太难分明,后来因此多了几个节妇,虽未可知,然而吏民将卒,却仍然无所感动。于是"开化最早,道德第一"的中国终于归了"长生天气力里大福荫护助里"的什么"薛禅皇帝,完泽笃皇帝,曲律皇帝"①了。此后皇帝换过了几家,守节思想倒反发达。皇帝要臣子尽忠,男人便愈要女人守节。到了清朝,儒者真是愈加利害。看见唐人文章里有公主改嫁的话,也不免勃然大怒道,"这是什么事! 你竟不为尊者讳,这还了得!"假使这唐人还活着,一定要斥革功名②,"以正人心而端风俗"了。

国民将到被征服的地位,守节盛了;烈女也从此着重。因为女子既是男子所有,自己死了,不该嫁人,自己活着,自然更不许被夺。然而自己是被征服的国民,没有力量保护,没有勇气反抗了,只好别出心裁,鼓吹女人自杀。或者妻女极多的阔人,婢妾成行的富翁,乱离时候,照顾不到,一遇"逆兵"③(或是"天兵"),就无法可想。只得救了自己,请别人都做烈女;变成烈女,"逆兵"便不要了。他便待事定以后,慢慢回来,称赞几句。好在男子再娶,又是天经地义,别讨女人,便都完事。因此世上遂有了"双烈

---

①"长生天气力里大福荫护助里":元代白话文,当时皇帝在谕旨前必用此语,"上天眷命"的意思;有时只用"长生天气力里",即"上天"的意思。元朝皇帝都有蒙古语的称号:"薛禅"是元世祖忽必烈的称号,"聪明天纵"的意思;"完泽笃"是元成宗铁穆耳的称号,"有寿"的意思;"曲律"是元武宗海山的称号,"杰出"的意思。

②斥革功名:科举时代,应试取中称为得功名;有功名者如犯罪,必先革去功名,才能审判处刑。

③逆兵:指叛乱的军队。

合传""七姬墓志"①,甚而至于钱谦益②的集中,也布满了"赵节妇""钱烈女"的传记和歌颂。

只有自己不顾别人的民情,又是女应守节男子却可多妻的社会,造出如此畸形道德,而且日见精密苛酷,本也毫不足怪。但主张的是男子,上当的是女子。女子本身,何以毫无异言呢?原来"妇者服也"③,理应服事于人。教育固可不必,连开口也都犯法。他的精神,也同他体质一样,成了畸形。所以对于这畸形道德,实在无甚意见。就令有了异议,也没有发表的机会。做几首"闺中望月""园里看花"的诗,尚且怕男子骂他怀春,何况竟敢破坏这"天地间的正气"?只有说部书上,记载过几个女人,因为境遇上不愿守节,据做书的人说:可是他再嫁以后,便被前夫的鬼捉去,落了地狱;或者世人个个唾骂,做了乞丐,也竟求乞无门,终于惨苦不堪而死了!④

如此情形,女子便非"服也"不可。然而男子一面,何以也不主张真理,只是一味敷衍呢?汉朝以后,言论的机关,都被"业儒"的垄断了。宋元以来,尤其利害。我们几乎看不见一部非业儒的书,听不到一句非士人的话。除了和尚道士,奉旨可以说话的以外,其余"异端"的声音,决不能

---

①"双烈合传":合叙两个烈女事迹的传记;"七姬墓志":元末明初张士诚的女婿潘元绍被徐达打败,为避免七个小妾被夺,逼迫她们自缢,七人死后合葬于苏州,明代张羽为她们作墓志。

②钱谦益(1582—1664):字受之,号牧斋,常熟(今属江苏)人。明崇祯时任礼部侍郎,南明弘光时又任礼部尚书;清军占领南京,他首先迎降,因此为人所不齿。清乾隆时将他列入《贰臣传》中。著有《初学集》《有学集》等。

③"妇者服也":语见《说文解字》卷十二:"妇,服也。"

④这里所说的女人再嫁后遭遇惨苦的故事,在《壶天录》和《右台仙馆笔记》等笔记小说中有类似记载。《壶天录》(清代百一居士作)中说:"苏郡有茶室妇某氏,生长乡村,意复轻荡,前夫故未终七而改醮来者……忽闻后门剥啄声厉甚。启户视之,但觉一阵冷风,侵肌砭骨,灯光若豆,鬼语啾啾,惊栗而人;视妇人则口出呓语,茫迷人事矣。自称前夫来索命……哀号数日而死。"又《右台仙馆笔记》(清代俞樾作)中有《山东陈媪》一条:"乙客死于外,乙妇挟其资再嫁,而后夫好饮博,不事恒业,不数年罄其所赍。俄后夫亦死,乙妇不能自存,乞食于路……未几以痢死。"

出他卧房一步。况且世人大抵受了"儒者柔也"①的影响；不述而作②，最为犯忌。即使有人见到，也不肯用性命来换真理。即如失节一事，岂不知道必须男女两性，才能实现。他却专责女性；至于破人节操的男子，以及造成不烈的暴徒，便都含糊过去。男子究竟较女性难惹，惩罚也比表彰为难。其间虽有过几个男人，实觉于心不安，说些室女③不应守志殉死的平和话④，可是社会不听；再说下去，便要不容，与失节的女人一样看待。他便也只好变了"柔也"，不再开口了。所以节烈这事，到现在不生变革。

（此时，我应声明：现在鼓吹节烈派的里面，我颇有知道的人。敢说确有好人在内，居心也好。可是救世的方法是不对，要向西走了北了。但也不能因为他是好人，便竟能从正西直走到北。所以我又愿他回转身来。）

其次还有疑问：

节烈难么？答道，很难。男子都知道极难，所以要表彰他。社会的公意，向来以为贞淫与否，全在女性。男子虽然诱惑了女人，却不负责任。譬如甲男引诱乙女，乙女不允，便是贞节，死了，便是烈；甲男并无恶名，社会可算淳古。倘若乙女允了，便是失节；甲男也无恶名，可是世风被乙女败坏了！别的事情，也是如此。所以历史上亡国败家的原因，每每归咎女子。糊糊涂涂的代担全体的罪恶，已经三千多年了。男子既然不负责任，

---

①"儒者柔也"：语见《说文解字》卷八："儒，柔也。"

②述而不作：原是孔丘自述的话，"述而不作，信而好古"，说他整理《诗》《书》《礼》《乐》《易》《春秋》等工作，都只袭旧，并未创造。后来"述而不作"便成为一种古训，认为只需遵从传统道德、思想和制度，不应立异或有所创造。因此，不述而作便是违背古训。

③室女：还未出嫁的女子。

④对于室女守志殉死的封建道德，明清间有些较开明的文人曾表示过非议，如明代归有光的《贞女论》、清代汪中《女子许嫁而婿死从死及守志议》，都曾指出它的不合理；后来俞正燮作《贞女说》，更表示了鲜明的反对态度："未同衾而同穴，谓之无害，则又何必亲迎，何必庙见，何必为酒食以召乡党僚友，世又何必有男女之别乎？此盖贤者未思之过……呜呼，男儿以忠义自责则可耳，妇女贞烈，岂是男子荣耀也。"

又不能自己反省,自然放心诱惑;文人著作,反将他传为美谈。所以女子身旁,几乎布满了危险。除却他自己的父兄丈夫以外,便都带点诱惑的鬼气。所以我说很难。

节烈苦么? 答道,很苦。男子都知道很苦,所以要表彰他。凡人都想活;烈是必死,不必说了。节妇还要活着。精神上的惨苦,也姑且弗论。单是生活一层,已是大宗的痛楚。假使女子生计已能独立,社会也知道互助,一人还可勉强生存。不幸中国情形,却正相反。所以有钱尚可,贫人便只能饿死。直到饿死以后,间或得了旌表①,还要写入志书。所以各府各县志书传记类的末尾,也总有几卷“烈女”。一行一人,或是一行两人,赵钱孙李,可是从来无人翻读。就是一生崇拜节烈的道德大家,若问他贵县志书里烈女门的前十名是谁? 也怕不能说出。其实他是生前死后,竟与社会漠不相关的。所以我说很苦。

照这样说,不节烈便不苦么? 答道,也很苦。社会公意,不节烈的女人,既然是下品;他在这社会里,是容不住的。社会上多数古人模模糊糊传下来的道理,实在无理可讲;能用历史和数目的力量,挤死不合意的人。这一类无主名无意识的杀人团里,古来不晓得死了多少人物;节烈的女子,也就死在这里。不过他死后间有一回表彰,写入志书。不节烈的人,便生前也要受随便什么人的唾骂,无主名的虐待。所以我说也很苦。

女子自己愿意节烈么? 答道,不愿。人类总有一种理想,一种希望。虽然高下不同,必须有个意义。自他两利固好,至少也得有益本身。节烈很难很苦,既不利人,又不利己。说是本人愿意,实在不合人情。所以假如遇着少年女人,诚心祝赞他将来节烈,一定发怒;或者还要受他父兄丈

---

①旌表:封建时代由官府立牌坊、赐匾额对遵守封建礼教的人加以表彰。

夫的尊拳①。然而仍旧牢不可破,便是被这历史和数目的力量挤着。可是无论何人,都怕这节烈。怕他竟钉到自己和亲骨肉的身上。所以我说不愿。

我依据以上的事实和理由,要断定节烈这事是:极难,极苦,不愿身受,然而不利自他,无益社会国家,于人生将来又毫无意义的行为,现在已经失了存在的生命和价值。

临了还有一层疑问:

节烈这事,现代既然失了存在的生命和价值;节烈的女人,岂非白苦一番么?可以答他说:还有哀悼的价值。他们是可怜人;不幸上了历史和数目的无意识的圈套,做了无主名的牺牲。可以开一个追悼大会。

我们追悼了过去的人,还要发愿:要自己和别人,都纯洁聪明勇猛向上。要除去虚伪的脸谱。要除去世上害己害人的昏迷和强暴。

我们追悼了过去的人,还要发愿:要除去于人生毫无意义的苦痛。要除去制造并赏玩别人苦痛的昏迷和强暴。

我们还要发愿:要人类都受正当的幸福。

一九一八年七月。

————————————

①尊拳:谑称他人的拳头。

娜拉走后怎样①

我今天要讲的是"娜拉走后怎样?"

伊孛生②是十九世纪后半的瑙威③的一个文人。他的著作,除了几十首诗之外,其余都是剧本。这些剧本里面,有一时期是大抵含有社会问题的,世间也称作"社会剧",其中有一篇就是《娜拉》。

----

①本篇最初发表于 1924 年北京女子高等师范学校《文艺会刊》第六期。同年 8 月 1 日上海《妇女杂志》第十卷第八号转载时,篇末有该杂志的编者附记:"这篇是鲁迅先生在北京女子高等师范学校的讲演稿,曾经刊载该校出版《文艺会刊》的第六期。新近因为我们向先生讨文章,承他把原文重加订正,给本志发表。"

②伊孛生:通译"易卜生",挪威剧作家。娜拉是他的经典社会问题剧《玩偶之家》(文中译作《傀儡家庭》)的主人公。她在经历了一场家庭变故后,终于看清了丈夫的真实面目和自己在家中的"玩偶"地位,在庄严地声称"我是一个人,跟你一样的一个人,至少我要学做一个人"之后,娜拉毅然走出家门。1879 年,《玩偶之家》在欧洲首演,娜拉"离家出走时的摔门声"惊动了整个欧洲,亦在后来惊醒了五四之后积极探索中国命运和出路的知识分子们。至此,娜拉几乎成了中国知识分子进行思想启蒙的标志性人物,也成了当时激进女性的效仿对象。

③瑙威:今译挪威。

《娜拉》一名 Ein Puppenheim,中国译作《傀儡家庭》。但 Puppe 不单是牵线的傀儡,孩子抱着玩的人形①也是;引申开去,别人怎么指挥,他便怎么做的人也是。娜拉当初是满足地生活在所谓幸福的家庭里的,但是她竟觉悟了:自己是丈夫的傀儡,孩子们又是她的傀儡。她于是走了,只听得关门声,接着就是闭幕。这想来大家都知道,不必细说了。

娜拉要怎样才不走呢?或者说伊孛生自己有解答,就是 Die Frau vom Meer,《海的女人》,中国有人译作《海的夫人》的。这女人是已经结婚的了,然而先前有一个爱人在海的彼岸,一日突然寻来,叫她一同去。她便告知她的丈夫,要和那外来人会面。临末,她的丈夫说,"现在放你完全自由。(走与不走)你能够自己选择,并且还要自己负责任。"于是什么事全都改变,她就不走了。这样看来,娜拉倘也得到这样的自由,或者也便可以安住。

但娜拉毕竟是走了的。走了以后怎样?伊孛生并无解答;而且他已经死了。即使不死,他也不负解答的责任。因为伊孛生是在做诗,不是为社会提出问题来而且代为解答。就如黄莺一样,因为他自己要歌唱,所以他歌唱,不是要唱给人们听得有趣,有益。伊孛生是很不通世故的,相传在许多妇女们一同招待他的筵宴上,代表者起来致谢他作了《傀儡家庭》,将女性的自觉,解放这些事,给人心以新的启示的时候,他却答道,"我写那篇却并不是这意思,我不过是做诗。"

娜拉走后怎样?——别人可是也发表过意见的。一个英国人曾作一篇戏剧,说一个新式的女子走出家庭,再也没有路走,终于堕落,进了妓院了。还有一个中国人,——我称他什么呢?上海的文学家罢,——说他所

---

①人形:即人形的玩具。

见的《娜拉》是和现译本不同,娜拉终于回来了。这样的本子可惜没有第二人看见,除非是伊孛生自己寄给他的。但从事理上推想起来,娜拉或者也实在只有两条路:不是堕落,就是回来。因为如果是一匹小鸟,则笼子里固然不自由,而一出笼门,外面便又有鹰,有猫,以及别的什么东西之类;倘使已经关得麻痹了翅子,忘却了飞翔,也诚然是无路可以走。还有一条,就是饿死了,但饿死已经离开了生活,更无所谓问题,所以也不是什么路。

人生最苦痛的是梦醒了无路可以走。做梦的人是幸福的;倘没有看出可走的路,最要紧的是不要去惊醒他。你看,唐朝的诗人李贺①,不是困顿了一世的么?而他临死的时候,却对他的母亲说,"阿妈,上帝造成了白玉楼,叫我做文章落成去了。"这岂非明明是一个诳,一个梦?然而一个小的和一个老的,一个死的和一个活的,死的高兴地死去,活的放心地活着。说诳②和做梦,在这些时候便见得伟大。所以我想,假使寻不出路,我们所要的倒是梦。

但是,万不可做将来的梦。阿尔志跋绥夫③曾经借了他所做的小说,质问过梦想将来的黄金世界的理想家,因为要造那世界,先唤起许多人们来受苦。他说,"你们将黄金世界预约给他们的子孙了,可是有什么给他们自己呢?"有是有的,就是将来的希望。但代价也太大了,为了这希望,

①李贺(790—816):字长吉,福昌(今河南宜阳)人,唐代诗人。一生官职卑微,郁郁不得志。著有《李长吉歌诗》四卷。关于他"玉楼赴召"的故事,唐代诗人李商隐《李贺小传》说:"长吉将死时,忽昼见一绯衣人,驾赤虬,持一版,书若太古篆或霹雳石文者,云:'当召长吉。'长吉了不能读,[欻]下榻叩头言:'阿嬭老且病,贺不愿去。'绯衣人笑曰:'帝成白玉楼,立召君为记,天上差乐不苦也。'长吉独泣,边人尽见之。少之,长吉气绝。"

②说诳:说谎。鲁迅《故事新编·奔月》:"说诳。近来常有人说,我一月就听到四五回。"

③阿尔志跋绥夫(1878—1927):俄国小说家。他的作品主要描写精神颓废者的生活,有些也反映了沙皇统治的黑暗。十月革命后逃亡国外,死于华沙。下文所述是他的小说《工人绥惠略夫》中绥惠略夫对亚拉借夫所说的话,见该书第九章。

要使人练敏了感觉来更深切地感到自己的苦痛,叫起灵魂来目睹他自己的腐烂的尸骸。惟有说谎和做梦,这些时候便见得伟大。所以我想,假使寻不出路,我们所要的就是梦;但不要将来的梦,只要目前的梦。

然而娜拉既然醒了,是很不容易回到梦境的,因此只得走;可是走了以后,有时却也免不掉堕落或回来。否则,就得问:她除了觉醒的心以外,还带了什么去? 倘只有一条像诸君一样的紫红的绒绳的围巾,那可是无论宽到二尺或三尺,也完全是不中用。她还须更富有,提包里有准备,直白地说,就是要有钱。

梦是好的;否则,钱是要紧的。

钱这个字很难听,或者要被高尚的君子们所非笑,但我总觉得人们的议论是不但昨天和今天,即使饭前和饭后,也往往有些差别。凡承认饭需钱买,而以说钱为卑鄙者,倘能按一按他的胃,那里面怕总还有鱼肉没有消化完,须得饿他一天之后,再来听他发议论。

所以为娜拉计,钱,——高雅的说罢,就是经济,是最要紧的了。自由固不是钱所能买到的,但能够为钱而卖掉。人类有一个大缺点,就是常常要饥饿。为补救这缺点起见,为准备不做傀儡起见,在目下的社会里,经济权就见得最要紧了。第一,在家应该先获得男女平均的分配;第二,在社会应该获得男女相等的势力。可惜我不知道这权柄如何取得,单知道仍然要战斗;或者也许比要求参政权更要用剧烈的战斗。

要求经济权固然是很平凡的事,然而也许比要求高尚的参政权以及博大的女子解放之类更烦难。天下事尽有小作为比大作为更烦难的。譬如现在似的冬天,我们只有这一件棉袄,然而必须救助一个将要冻死的苦

人,否则便须坐在菩提树下冥想普度一切人类①的方法去。普度一切人类和救活一人,大小实在相去太远了,然而倘叫我挑选,我就立刻到菩提树下去坐着,因为免得脱下唯一的棉袄来冻杀自己。所以在家里说要参政权,是不至于大遭反对的,一说到经济的平匀分配,或不免面前就遇见敌人,这就当然要有剧烈的战斗。

战斗不算好事情,我们也不能责成人人都是战士,那么,平和的方法也就可贵了,这就是将来利用了亲权来解放自己的子女。中国的亲权是无上的,那时候,就可以将财产平匀地分配子女们,使他们平和而没有冲突地都得到相等的经济权,此后或者去读书,或者去生发,或者为自己去享用,或者为社会去做事,或者去花完,都请便,自己负责任。这虽然也是颇远的梦,可是比黄金世界的梦近得不少了。但第一需要记性。记性不佳,是有益于己而有害于子孙的。人们因为能忘却,所以自己能渐渐地脱离了受过的苦痛,也因为能忘却,所以往往照样地再犯前人的错误。被虐待的儿媳做了婆婆,仍然虐待儿媳;嫌恶学生的官吏,每是先前痛骂官吏的学生;现在压迫子女的,有时也就是十年前的家庭革命者。这也许与年龄和地位都有关系罢,但记性不佳也是一个很大的原因。救济法就是各人去买一本 note-book 来,将自己现在的思想举动都记上,作为将来年龄和地位都改变了之后的参考。假如憎恶孩子要到公园去的时候,取来一翻,看见上面有一条道,"我想到中央公园去",那就即刻心平气和了。别的事也一样。

世间有一种无赖精神,那要义就是韧性。听说拳匪乱(指义和团运

---

①这是借用关于释迦牟尼的传说。相传佛教始祖释迦牟尼(约前565—前486)有感于人生的生老病死等苦恼,在二十九岁时立志出家修行,遍历各地,苦行六年,仍未能悟道,后坐在菩提树下发誓说:"若不成正觉,虽骨碎肉腐,亦不起此座。"静思七日,就克服了各种烦恼,顿成"正觉"。

动)后,天津的青皮,就是所谓无赖者很跋扈,譬如给人搬一件行李,他就要两元,对他说这行李小,他说要两元,对他说道路近,他说要两元,对他说不要搬了,他说也仍然要两元。青皮固然是不足为法①的,而那韧性却大可以佩服。要求经济权也一样,有人说这事情太陈腐了,就答道要经济权;说是太卑鄙了,就答道要经济权;说是经济制度就要改变了,用不着再操心,也仍然答道要经济权。

其实,在现在,一个娜拉的出走,或者也许不至于感到困难的,因为这人物很特别,举动也新鲜,能得到若干人们的同情,帮助着生活。生活在人们的同情之下,已经是不自由了,然而倘有一百个娜拉出走,便连同情也减少,有一千一万个出走,就得到厌恶了,断不如自己握着经济权之为可靠。

在经济方面得到自由,就不是傀儡了么?也还是傀儡。无非被人所牵的事可以减少,而自己能牵的傀儡可以增多罢了。因为在现在的社会里,不但女人常作男人的傀儡,就是男人和男人,女人和女人,也相互地作傀儡,男人也常作女人的傀儡,这决不是几个女人取得经济权所能救的。但人不能饿着静候理想世界的到来,至少也得留一点残喘,正如涸辙之鲋"涸辙之鲋"②,急谋升斗之水一样,就要这较为切近的经济权,一面再想别的法。

如果经济制度竟改革了,那上文当然完全是废话。

---

①不足为法:足,值得。法,效法。不足为法,比喻不值得学习、效法。

②"涸辙之鲋":出自战国时庄周的一个寓言,见《庄子·外物》:"庄周家贫,故往贷粟于监河侯。监河侯曰:'诺,我将得邑金,将贷子三百金,可乎?'庄周忿然作色曰:'周昨来,有中道而呼者,周顾视车辙中,有鲋鱼焉。周问之曰:鲋鱼来,子何为者邪?对曰:我,东海之波臣也,君岂有斗升之水而活我哉!周曰:诺,我且南游吴越之王,激西江之水而迎子,可乎?鲋鱼忿然作色曰:吾失我常与,我无所处,吾得斗升之水然活耳,君乃言此,曾不如早索我于枯鱼之肆。"

然而上文,是又将娜拉当作一个普通的人物而说的,假使她很特别,自己情愿闯出去做牺牲,那就又另是一回事。我们无权去劝诱人做牺牲,也无权去阻止人做牺牲。况且世上也尽有乐于牺牲,乐于受苦的人物。欧洲有一个传说,耶稣去钉十字架时,休息在 Ahasvar① 的檐下,Ahasvar 不准他,于是被了咒诅,使他永世不得休息,直到末日裁判的时候。Ahasvar 从此就歇不下,只是走,现在还在走。走是苦的,安息是乐的,他何以不安息呢?虽说背着咒诅,可是大约总该是觉得走比安息还适意,所以始终狂走的罢。

只是这牺牲的适意是属于自己的,与志士们之所谓为社会者无涉。群众,——尤其是中国的,——永远是戏剧的看客。牺牲上场,如果显得慷慨,他们就看了悲壮剧;如果显得觳觫(hú sù)②,他们就看了滑稽剧。北京的羊肉铺前常有几个人张着嘴看剥羊,仿佛颇愉快,人的牺牲能给与他们的益处,也不过如此。而况事后走不几步,他们并这一点愉快也就忘却了。

对于这样的群众没有法,只好使他们无戏可看倒是疗救,正无需乎震骇一时的牺牲,不如深沉的韧性的战斗。

可惜中国太难改变了,即使搬动一张桌子,改装一个火炉,几乎也要血;而且即使有了血,也未必一定能搬动,能改装。不是很大的鞭子打在背上,中国自己是不肯动弹的。我想这鞭子总要来,好坏是别一问题,然而总要打到的。但是从那里来,怎么地来,我也是不能确切地知道。

我这讲演也就此完结了。

---

①译为阿哈斯瓦尔,欧洲传说中的一个补鞋匠,因触犯耶稣而背着诅咒不停流浪,所以被称为"流浪的犹太人"。

②觳觫:恐惧颤抖的样子。《孟子·梁惠王》:"吾不忍其觳觫。"

《娜拉走后怎样》

《论睁了眼看》

未有天才之前①

　　我自己觉得我的讲话不能使诸君有益或者有趣，因为我实在不知道什么事，但推托拖延得太长久了，所以终于不能不到这里来说几句。

　　我看现在许多人对于文艺界的要求的呼声之中，要求天才的产生也可以算是很盛大的了，这显然可以反证两件事：一是中国现在没有一个天才，二是大家对于现在的艺术的厌薄。天才究竟有没有？也许有着罢，然而我们和别人都没有见。倘使据了见闻，就可以说没有；不但天才，还有使天才得以生长的民众。

　　天才并不是自生自长在深林荒野里的怪物，是由可以使天才生长的

---

　　①本篇最初发表于 1924 年北京师范大学附属中学《校友会刊》第一期。同年 12 月 27 日《京报副刊》第二十一号转载时，前面有一段作者的小引："伏园兄：今天看看正月间在师大附中的演讲，其生命似乎确乎尚在，所以校正寄奉，以备转载。二十二日夜，迅上。"

民众产生，长育出来的，所以没有这种民众，就没有天才。有一回拿破仑过 Alps 山①，说，"我比 Alps 山还要高！"这何等英伟，然而不要忘记他后面跟着许多兵；倘没有兵，那只有被山那面的敌人捉住或者赶回，他的举动，言语，都离了英雄的界线，要归入疯子一类了。所以我想，在要求天才的产生之前，应该先要求可以使天才生长的民众。——譬如想有乔木，想看好花，一定要有好土；没有土，便没有花木了；所以土实在较花木还重要。花木非有土不可，正同拿破仑非有好兵不可一样。

然而现在社会上的论调和趋势，一面固然要求天才，一面却要他灭亡，连预备的土也想扫尽。举出几样来说：

其一就是"整理国故"②。自从新思潮来到中国以后，其实何尝有力，而一群老头子，还有少年，却已丧魂失魄的来讲国故了，他们说，"中国自有许多好东西，都不整理保存，倒去求新，正如放弃祖宗遗产一样不肖。"抬出祖宗来说法，那自然是极威严的，然而我总不信在旧马褂未曾洗净叠好之前，便不能做一件新马褂。就现状而言，做事本来还随各人的自便，老先生要整理国故，当然不妨去埋在南窗下读死书，至于青年，却自有他们的活学问和新艺术，各干各事，也还没有大妨害的，但若拿了这面旗子来号召，那就是要中国永远与世界隔绝了。倘以为大家非此不可，那更是荒谬绝伦！我们和古董商人谈天，他自然总称赞他的古董如何好，然而他决不痛骂画家，农夫，工匠等类，说是忘记了祖宗：他实在比许多国学家聪

---

①Alps 山：即阿尔卑斯山，欧洲最高大的山脉，位于法意两国之间。拿破仑在 1800 年进兵意大利同奥地利作战时，曾越过此山。

②"整理国故"：当时胡适所提倡的一种主张。胡适在 1919 年 7 月就鼓吹"多研究些问题，少谈些主义"；同年 12 月他又在《新青年》第七卷第一号《"新思潮"的意义》一文中提出"整理国故"的口号。1923 年在北京大学《国学季刊》的《发刊宣言》中，他更系统地宣传"整理国故"的主张，企图诱使知识分子和青年学生脱离现实的革命斗争。本文中所批评的，是当时某些附和胡适的人们所发的一些议论。

明得远。

其一是"崇拜创作"①。从表面上看来,似乎这和要求天才的步调很相合,其实不然。那精神中,很含有排斥外来思想,异域情调的分子,所以也就是可以使中国和世界潮流隔绝的。许多人对于托尔斯泰,都介涅夫,陀思妥夫斯奇②的名字,已经厌听了,然而他们的著作,有什么译到中国来? 眼光囚在一国里,听谈彼得和约翰③就生厌,定须张三李四才行,于是创作家出来了,从实说,好的也离不了刺取点外国作品的技术和神情,文笔或者漂亮,思想往往赶不上翻译品,甚者还要加上些传统思想,使他适合于中国人的老脾气,而读者却已为他所牢笼了,于是眼界便渐渐的狭小,几乎要缩进旧圈套里去。作者和读者互相为因果,排斥异流,抬上国粹,那里会有天才产生? 即使产生了,也是活不下去的。

这样的风气的民众是灰尘,不是泥土,在他这里长不出好花和乔木来!

还有一样是恶意的批评。大家的要求批评家的出现,也由来已久了,到目下就出了许多批评家。可惜他们之中很有不少是不平家,不像批评家,作品才到面前,便恨恨地磨墨,立刻写出很高明的结论道,"唉,幼稚得很。中国要天才!"到后来,连并非批评家也这样叫喊了,他是听来的。其实即使天才,在生下来的时候的第一声啼哭,也和平常的儿童的一样,决

――――――――――

①"崇拜创作":根据作者后来写的《祝中俄文字之交》(《南腔北调集》),这里所说似因郭沫若的意见而引起的。郭沫若曾在 1921 年 2 月《民铎》第二卷第五号发表的致李石岑函中说过:"我觉得国内人士只注重媒婆,而不注重处女;只注重翻译,而不注重产生。"他的这些话,是由于看了当年上海《时事新报》副刊《学灯》双十节增刊而发的,在增刊上刊载的第一篇是翻译小说,第二篇才是鲁迅的《头发的故事》。事实上,郭沫若也重视翻译,他曾经翻译过许多外国文学作品,鲁迅的意见也不能看作只针对个人的。

②托尔斯泰(1828—1910):俄国作家。著有《战争与和平》《安娜·卡列尼娜》《复活》等。都介涅夫(1818—1883):通译"屠格涅夫",俄国作家。著有小说《猎人笔记》《罗亭》《父与子》等。陀思妥夫斯奇(1821—1881):通译"陀斯妥耶夫斯基",俄国作家。著有小说《穷人》《被侮辱与被损害的》《罪与罚》等。

③彼得和约翰:欧美人常用的名字,这里泛指外国人。

不会就是一首好诗。因为幼稚,当头加以戕贼,也可以萎死的。我亲见几个作者,都被他们骂得寒噤了。那些作者大约自然不是天才,然而我的希望是便是常人也留着。

恶意的批评家在嫩苗的地上驰马,那当然是十分快意的事;然而遭殃的是嫩苗——平常的苗和天才的苗。幼稚对于老成,有如孩子对于老人,决没有什么耻辱;作品也一样,起初幼稚,不算耻辱的。因为倘不遭了戕贼,他就会生长,成熟,老成;独有老衰和腐败,倒是无药可救的事!我以为幼稚的人,或者老大的人,如有幼稚的心,就说幼稚的话,只为自己要说而说,说出之后,至多到印出之后,自己的事就完了,对于无论打着什么旗子的批评,都可以置之不理的!

就是在座的诸君,料来也十之九愿有天才的产生罢,然而情形是这样,不但产生天才难,单是有培养天才的泥土也难。我想,天才大半是天赋的;独有这培养天才的泥土,似乎大家都可以做。做土的功效,比要求天才还切近;否则,纵有成千成百的天才,也因为没有泥土,不能发达,要像一碟子绿豆芽。

做土要扩大了精神,就是收纳新潮,脱离旧套,能够容纳,了解那将来产生的天才;又要不怕做小事业,就是能创作的自然是创作,否则翻译,介绍,欣赏,读,看,消闲都可以。以文艺来消闲,说来似乎有些可笑,但究竟较胜于戕贼他。

泥土和天才比,当然是不足齿数的,然而不是坚苦卓绝者,也怕不容易做;不过事在人为,比空等天赋的天才有把握。这一点,是泥土的伟大的地方,也是反有大希望的地方。而且也有报酬,譬如好花从泥土里出来,看的人固然欣然的赏鉴,泥土也可以欣然的赏鉴,正不必花卉自身,这才心旷神怡的——假如当作泥土也有灵魂的说。

再论雷峰塔的倒掉①

　　从崇轩先生（即胡也频）的通信②（二月份《京报副刊》）里，知道他在轮船上听到两个旅客谈话，说是杭州雷峰塔之所以倒掉，是因为乡下人迷信那塔砖放在自己的家中，凡事都必平安，如意，逢凶化吉，于是这个也挖，那个也挖，挖之久久，便倒了。一个旅客并且再三叹息道：西湖十景这可缺了呵！

　　这消息，可又使我有点畅快了，虽然明知道幸灾乐祸，不像一个绅士，

---

　　①本篇最初发表于 1925 年 2 月 23 日《语丝》周刊第十五期。

　　②崇轩先生的通信：指刊登于 1925 年 2 月 2 日《京报副刊》第四十九号上的胡崇轩给编者孙伏园的信《雷峰塔倒掉的原因》。信中有如下一段话："那雷峰塔不知在何时已倒掉了一半，只剩着下半截，很破烂的，可是我们那里的乡下人差不多都有这样的迷信，说是能够把雷峰塔的砖一块放在家里必定平安，如意，无论什么凶事都能够化吉，所以一到雷峰塔去关瞻的乡下人，都要偷偷的把塔砖挖一块带家去，——我的表兄曾这样做过的，——你想，一人一块，久而久之，那雷峰塔里的砖都给人家挖空了，塔岂有不倒掉的道理？现在雷峰塔是已经倒掉了，唉，西湖十景这可缺了啊！"胡崇轩，即胡也频，当时是《京报》附刊《民众文艺周刊》的编者之一。

但本来不是绅士的,也没有法子来装潢。

我们中国的许多人,——我在此特别郑重声明:并不包括四万万同胞全部!——大抵患有一种"十景病",至少是"八景病",沉重起来的时候大概在清朝。凡看一部县志,这一县往往有十景或八景,如"远村明月""萧寺清钟""古池好水"之类。而且,"十"字形的病菌,似乎已经侵入血管,流布全身,其势力早不在"!"形惊叹亡国病菌①之下了。点心有十样锦,菜有十碗,音乐有十番②,阎罗有十殿,药有十全大补,猜拳有全福手福手全,连人的劣迹或罪状,宣布起来也大抵是十条,仿佛犯了九条的时候总不肯歇手。现在西湖十景可缺了呵!"凡为天下国家有九经"③,九经固古已有之,而九景却颇不习见,所以正是对于十景病的一个针砭,至少也可以使患者感到一种不平常,知道自己的可爱的老病,忽而跑掉了十分之一了。

但仍有悲哀在里面。

其实,这一种势所必至的破坏,也还是徒然的。畅快不过是无聊的自欺。雅人和信士和传统大家,定要苦心孤诣巧语花言地再来补足了十景而后已。

无破坏即无新建设,大致是的;但有破坏却未必即有新建设。卢梭,

---

①亡国病菌:当时的一种奇怪论调。1924年4月《心理》杂志上的一篇文章,把当时出版的一些新诗集里的惊叹号(!)加以统计,说这种符号"缩小看像许多细菌,放大看像几排弹丸",说多用惊叹号的白话诗都是"亡国之音"。

②十番:又称"十番鼓""十番锣鼓",由若干曲牌与锣鼓段连缀而成的一种套曲。流行于福建、江苏、浙江等地。据清代李斗《扬州画舫录》卷十一记:十番鼓是用笛、管、箫、弦、提琴、云锣、汤锣、木鱼、檀板、大鼓等十种乐器更番合奏。

③"凡为天下国家有九经":语见《中庸》:"凡为天下国家有九经。曰:修身也,尊贤也,亲亲也,敬大臣也,体群臣也,子庶民也,来百工也,柔远人也,怀诸侯也。"意思是治理国家有九件必须做的事。

斯谛纳尔①，尼采，托尔斯泰，伊孛生②等辈，若用勃兰兑斯的话来说，乃是"轨道破坏者"。其实他们不单是破坏，而且是扫除，是大呼猛进，将碍脚的旧轨道不论整条或碎片，一扫而空，并非想挖一块废铁古砖挟回家去，预备卖给旧货店。中国很少这一类人，即使有之，也会被大众的唾沫淹死。孔丘先生确是伟大，生在巫鬼势力如此旺盛的时代，偏不肯随俗谈鬼神；但可惜太聪明了，"祭如在祭神如神在"③，只用他修春秋的照例手段以两个"如"字略寓"俏皮刻薄"之意，使人一时莫明其妙，看不出他肚皮里的反对来。他肯对子路赌咒，却不肯对鬼神宣战，因为一宣战就不和平，易犯骂人——虽然不过骂鬼——之罪，即不免有《衡论》④（见一月份《晨报副镌》）作家 TY 先生似的好人，会替鬼神来奚落他道：为名乎？骂人不能得名。为利乎？骂人不能得利。想引诱女人乎？又不能将蚩尤⑤的脸子印在文章上。何乐而为之也欤？

孔丘先生是深通世故的老先生，大约除脸子付印问题以外，还有深心，犯不上来做明目张胆的破坏者，所以只是不谈，而决不骂，于是乎俨然成为中国的圣人，道大，无所不包故也。否则，现在供在圣庙里的，也许不姓孔。

不过在戏台上罢了，悲剧将人生的有价值的东西毁灭给人看，喜剧将那无价值的撕破给人看。讥讽又不过是喜剧的变简的一支流。但悲壮滑

---

①斯谛纳尔（1806—1856）：通常译作斯蒂纳，德国哲学家卡斯巴尔·施米特的笔名。早期无政府主义者，强调利己主义。鲁迅赞扬他，这是出于误解。

②伊孛生：即挪威剧作家易卜生（1828—1906）。著有《玩偶之家》《人民公敌》《群鬼》等。

③"祭如在祭神如神在"：语见《论语·八佾》。意指"祭祀祖先时，他们好似真在自己的面前"。

④《衡论》：发表在1925年1月18日《晨报副刊》第十二号上的一篇文章。作者署名TY。它反对写批评文章。这里是鲁迅对这篇文章的顺笔讽刺。

⑤蚩尤：中国神话传说上古时代九黎族首领，骁勇善战，被奉为兵主战神。相传蚩尤是牛图腾和鸟图腾氏族的首领，他有兄弟八十一人，都有铜头铁额，十指脚趾，个个本领非凡。约在5000多年以前，九黎部落与炎黄部落发生了涿鹿之战，蚩尤战死，其部众大多融入了炎黄部族，形成了华夏族。

稽,却都是十景病的仇敌,因为都有破坏性,虽然所破坏的方面各不同。中国如十景病尚存,则不但卢梭他们似的疯子决不产生,并且也决不产生一个悲剧作家或喜剧作家或讽刺诗人。所有的,只是喜剧底人物或非喜剧非悲剧底人物,在互相模造的十景中生存,一面各各带了十景病。

然而十全停滞的生活,世界上是很不多见的事,于是破坏者到了,但并非自己的先觉的破坏者,却是狂暴的强盗,或外来的蛮夷。猃狁(xiǎn yǔn)①早到过中原,五胡②来过了,蒙古也来过了;同胞张献忠③明末农民起义领袖。杀人如草,而满州兵的一箭,就钻进树丛中死掉了。有人论中国说,倘使没有带着新鲜的血液的野蛮的侵入,真不知自身会腐败到如何! 这当然是极刻毒的恶谑,但我们一翻历史,怕不免要有汗流浃背的时候罢。外寇来了,暂一震动,终于请他做主子,在他的刀斧下修补老例;内寇来了,也暂一震动,终于请他做主子,或者别拜一个主子,在自己的瓦砾中修补老例。再来翻县志,就看见每一次兵燹④之后,所添上的是许多烈妇烈女的氏名。看近来的兵祸,怕又要大举表扬节烈了罢。许多男人们都那里去了?

凡这一种寇盗式的破坏,结果只能留下一片瓦砾,与建设无关。

但当太平时候,就是正在修补老例,并无寇盗时候,即国中暂时没有破坏么? 也不然的,其时有奴才式的破坏作用常川活动着。

----

①猃狁(xiǎn yǔn):我国古代北方的一个民族。周代称狁,秦汉时称匈奴。周成王、宣王时都曾和他们有过战争。

②五胡:历史上对匈奴、羯、鲜卑、氐、羌五个少数民族的合称。

③张献忠(1606—1647):延安柳树涧(今陕西定边东)人,明末农民起义领袖。崇祯三年(1630)起义,转战陕、豫各地;崇祯十七年(1644)入川,在成都建立大西国;清顺治三年(1646)出川,行至川北盐亭界,猝遇清兵,于凤凰坡中箭坠马而死。旧史书(包括野史和杂记)中多有关于他杀人的夸大记载。

④兵燹(xiǎn):指因战乱而遭受焚烧破坏的灾祸。

雷峰塔砖的挖去，不过是极近的一条小小的例。龙门的石佛，大半肢体不全，图书馆中的书籍，插图须谨防撕去，凡公物或无主的东西，倘难于移动，能够完全的即很不多。但其毁坏的原因，则非如革除者的志在扫除，也非如寇盗的志在掠夺或单是破坏，仅因目前极小的自利，也肯对于完整的大物暗暗的加一个创伤。人数既多，创伤自然极大，而倒败之后，却难于知道加害的究竟是谁。正如雷峰塔倒掉以后，我们单知道由于乡下人的迷信。共有的塔失去了，乡下人的所得，却不过一块砖，这砖，将来又将为别一自利者所藏，终究至于灭尽。倘在民康物阜时候，因为十景病的发作，新的雷峰塔也会再造的罢。但将来的运命，不也就可以推想而知么？如果乡下人还是这样的乡下人，老例还是这样的老例。

这一种奴才式的破坏，结果也只能留下一片瓦砾，与建设无关。

岂但乡下人之于雷峰塔，日日偷挖中华民国的柱石的奴才们，现在正不知有多少！

瓦砾场上还不足悲，在瓦砾场上修补老例是可悲的。我们要革新的破坏者，因为他内心有理想的光。我们应该知道他和寇盗奴才的分别；应该留心自己堕入后两种。这区别并不烦难，只要观人，省己，凡言动中，思想中，含有借此据为己有的朕兆者是寇盗，含有借此占些目前的小便宜的朕兆者是奴才，无论在前面打着的是怎样鲜明好看的旗子。

一九二五年二月六日。

看镜有感①

　　因为翻衣箱，翻出几面古铜镜子来，大概是民国初年初到北京时候买在那里的，"情随事迁"，全然忘却，宛如见了隔世的东西了。

　　一面圆径不过二寸，很厚重，背面满刻蒲陶②，还有跳跃的鼯鼠，沿边是一圈小飞禽。古董店家都称为"海马葡萄镜"。但我的一面并无海马，其实和名称不相当。记得曾见过别一面，是有海马的，但贵极，没有买。这些都是汉代的镜子；后来也有模造或翻沙者，花纹可造粗拙得多了。汉武通大宛安息，以致天马蒲萄，大概当时是视为盛事的，所以便取作什器的装饰。古时，于外来物品，每加海字，如海榴，海红花，海棠之类。海即现在之所谓洋，海马译成今文，当然就是洋马。镜鼻是一个虾蟆，则因为

------

① 本篇最初发表于 1925 年 3 月 2 日《语丝》周刊第十六期。
② 蒲陶：通"葡萄"。

镜如满月,月中有蟾蜍之故,和汉事不相干了。

遥想汉人多少闳放,新来的动植物,即毫不拘忌,来充装饰的花纹。唐人也还不算弱,例如汉人的墓前石兽,多是羊,虎,天禄,辟邪①,而长安的昭陵上,却着带箭的骏马②,还有一匹驼鸟,则办法简直前无古人。现今在坟墓上不待言,即平常的绘画,可有人敢用一朵洋花一只洋鸟,即私人的印章,可有人肯用一个草书一个俗字么?许多雅人,连记年月也必是甲子,怕用民国纪元。不知道是没有如此大胆的艺术家;还是虽有而民众都加迫害,他于是乎只得萎缩,死掉了?

宋的文艺,现在似的国粹气味就熏人。然而辽金元陆续进来了,这消息很耐寻味。汉唐虽然也有边患,但魄力究竟雄大,人民具有不至于为异族奴隶的自信心,或者竟毫未想到,凡取用外来事物的时候,就如将彼俘来一样,自由驱使,绝不介怀。一到衰弊陵夷之际,神经可就衰弱过敏了,每遇外国东西,便觉得彷佛彼来俘我一样,推拒,惶恐,退缩,逃避,抖成一团,又必想一篇道理来掩饰,而国粹遂成为孱王和孱奴的宝贝。

无论从那里来的,只要是食物,壮健者大抵就无需思索,承认是吃的东西。惟有衰病的,却总常想到害胃,伤身,特有许多禁条,许多避忌;还有一大套比较利害而终于不得要领的理由,例如吃固无妨,而不吃尤稳,食之或当有益,然究以不吃为宜云云之类。但这一类人物总要日见其衰弱的,因为他终日战战兢兢,自己先已失了活气了。

不知道南宋比现今如何,但对外敌,却明明已经称臣,惟独在国内特

---

①天禄,辟邪:形体像狮而肋下有翅,传说中的神兽。据《汉书·西域传》及孟康的注释,是产于西域乌弋山离国(当在今阿富汗西部)的动物:"似鹿,长尾,一角者或为天鹿(禄),两角者或为辟邪。"
②昭陵带箭的骏马是指唐太宗于武德四年(621)平定洛阳时所乘名马飒露紫的石刻浮雕像,为昭陵六骏中的代表杰作。唐太宗在这次战争中,因该马受伤濒于危险,丘行恭将自己的马献上,始得脱走。石刻所表现的为被甲带剑的丘行恭献马后,立在飒露紫前,手执马羁,拔去马胸所中之箭的情状。

多繁文缛节以及唠叨的碎话。正如倒霉人物,偏多忌讳一般,豁达闳大之风消歇净尽了。直到后来,都没有什么大变化。我曾在古物陈列所所陈列的古画上看见一颗印文,是几个罗马字母。但那是所谓"我圣祖仁皇帝"的印,是征服了汉族的主人,所以他敢;汉族的奴才是不敢的。便是现在,便是艺术家,可有敢用洋文的印的么?

清顺治中,时宪书①上印有"依西洋新法"五个字,痛哭流涕来劾洋人汤若望②的偏是汉人杨光先。直到康熙初,争胜了,就教他做钦天监正去,则又叩阍以"但知推步之理不知推步之数"辞。不准辞,则又痛哭流涕地来做《不得已》,说道"宁可使中夏无好历法,不可使中夏有西洋人。"然而终于连闰月都算错了,他大约以为好历法专属于西洋人,中夏人自己是学不得,也学不好的。但他竟论了大辟,可是没有杀,放归,死于途中了。汤若望入中国还在明崇祯初,其法终未见用;后来阮元③论之曰:"明季君臣以大统寝疏,开局修正,既知新法之密,而讫未施行。圣朝定鼎,以其法造时宪书,颁行天下。彼十余年辩论翻译之劳,若以备我朝之采用者,斯亦奇矣!……我国家圣圣相传,用人行政,惟求其是,而不先设成心。即是一端,可以仰见如天之度量矣!"(《畴人传》四十五)

现在流传的古镜们,出自冢中者居多,原是殉葬品。但我也有一面日用镜,薄而且大,规抚汉制,也许是唐代的东西。那证据是:一,镜鼻已多磨损;二,镜面的沙眼都用别的铜来补好了。当时在妆阁中,曾照唐人的

---

①时宪书:即历书。清初睿亲王多尔衮颁布汤若望修正的历法,名《时宪历》,乾隆时因避高宗弘历的名讳,改称历书为"时宪书"。

②汤若望:德国人,明末来中国传教的天主教耶稣教士。

③阮元(1764—1849):清代学者,曾任两广总督、体仁阁大学士,著有《揅经室集》《畴人传》等。《畴人传》,共四十六卷,包括我国从远古到清代的天文历算学者四百人和曾在中国居留的利马窦、汤若望、南怀仁等五十二个西洋人的传记。畴人,即天文、历算家。

额黄和眉绿①,现在却监禁在我的衣箱里,它或者大有今昔之感罢。

但铜镜的供用,大约道光咸丰时候还与玻璃镜并行;至于穷乡僻壤,也许至今还用着。我们那里,则除了婚丧仪式之外,全被玻璃镜驱逐了。然而也还有余烈可寻,倘街头遇见一位老翁,肩了长凳似的东西,上面缚著一块猪肝色石和一块青色石,试伫听他的叫喊,就是"磨镜,磨剪刀!"

宋镜我没有见过好的,什九并无藻饰,只有店号或"正其衣冠"等类的迁铭词,真是"世风日下"。但是要进步或不退步,总须时时自出新裁,至少也必取材异域,倘若各种顾忌,各种小心,各种唠叨,这么做即违了祖宗,那么做又像了夷狄,终生惴惴如在薄冰上,发抖尚且来不及,怎么会做出好东西来。所以事实上"今不如古"者,正因为有许多唠叨着"今不如古"的诸位先生们之故。现在情形还如此。倘再不放开度量,大胆地,无畏地,将新文化尽量地吸收,则杨光先似的向西洋主人沥陈中夏的精神文明的时候,大概是不劳久待的罢。

但我向来没有遇见过一个排斥玻璃镜子的人。单知道咸丰年间,汪曰桢②先生却在他的大著《湖雅》里攻击过的。他加以比较研究之后,终于决定还是铜镜好。最不可解的是:他说,照起面貌来,玻璃镜不如铜镜之准确。莫非那时的玻璃镜当真坏到如此,还是因为他老先生又带上了国粹眼镜之故呢?我没有见过古玻璃镜。这一点终于猜不透。

　　　　　　　　　　　　　　　　　　　　　　　一九二五年二月九日。

---

　　①额黄和眉绿:古代妇女在额中和眉上所作的修饰。额黄起于六朝时,眉绿大约于战国时已开始,二者都盛行于唐代。

　　②汪曰桢(1813—1881):字刚木,号谢城,浙江乌和(今吴兴)人。清咸丰时任会稽教谕。著有《湖雅》《历代长术辑要》等。《湖雅》共九卷,收在他自己编纂的《荔墙丛刻》中。在《湖雅》卷九"器用之属"中谈到镜子时说:"近年玻璃镜盛行,薛镜(按指明人薛惠公所铸铜镜)已久不复铸。然玻璃镜每多照物不准,俗谓之走作,铜镜则无此病。又玻璃易碎,不及铜质耐久,世俗乃弃彼取此,良不可解。盖风气日薄,厌常喜新,即一物可征矣。"

春末闲谈①

北京正是春末，也许我过于性急之故罢，觉着夏意了，于是突然记起故乡的细腰蜂②。那时候大约是盛夏，青蝇密集在凉棚索子上，铁黑色的细腰蜂就在桑树间或墙角的蛛网左近往来飞行，有时衔一支小青虫去了，有时拉一个蜘蛛。青虫或蜘蛛先是抵抗着不肯去，但终于乏力，被衔着腾空而去了，坐了飞机似的。

老前辈们开导我，那细腰蜂就是书上所说的果蠃，纯雌无雄，必须捉螟蛉去做继子的。她将小青虫封在窠里，自己在外面日日夜夜敲打着，祝道"像我像我"，经过若干日，——我记不清了，大约七七四十九日罢，——

①本篇最初发表于1925年4月24日北京《莽原》周刊第一期，署名冥昭。
②细腰蜂：在昆虫学上属于膜翅目泥蜂科；关于它的延种方法，我国古代有各种不同的记载。《诗经·小雅·小宛》："螟蛉有子，蜾蠃负之。"

那青虫也就成了细腰蜂了，所以《诗经》里说："螟蛉有子，果蠃负之。"螟蛉就是桑上小青虫。蜘蛛呢？他们没有提。我记得有几个考据家曾经立过异说，以为她其实自能生卵；其捉青虫，乃是填在窠里，给孵化出来的幼蜂做食料的。但我所遇见的前辈们都不采用此说，还道是拉去做女儿。我们为存留天地间的美谈起见，倒不如这样好。当长夏无事，遣暑林阴，瞥见二虫一拉一拒的时候，便如睹慈母教女，满怀好意，而青虫的宛转抗拒，则活像一个不识好歹的毛鸦头①。

但究竟是夷人可恶，偏要讲什么科学。科学虽然给我们许多惊奇，但也搅坏了我们许多好梦。自从法国的昆虫学大家发勃耳（Fabre）②仔细观察之后，给幼蜂做食料的事可就证实了。而且，这细腰蜂不但是普通的凶手，还是一种很残忍的凶手，又是一个学识技术都极高明的解剖学家。她知道青虫的神经构造和作用，用了神奇的毒针，向那运动神经球上只一螫，它便麻痹为不死不活状态，这才在它身上生下蜂卵，封入窠中。青虫因为不死不活，所以不动，但也因为不活不死，所以不烂，直到她的子女孵化出来的时候，这食料还和被捕当日一样的新鲜。

三年前，我遇见神经过敏的俄国的 E 君③，有一天他忽然发愁道，不知道将来的科学家，是否不至于发明一种奇妙的药品，将这注射在谁的身上，则这人即甘心永远去做服役和战争的机器了？那时我也就皱眉叹息，装作一齐发愁的模样，以示"所见略同"之至意，殊不知我国的圣君，贤臣，圣贤，圣贤之徒，却早已有过这一种黄金世界的理想了。不是"唯辟作福，

---

① 鸦头：现代汉语作"丫头"。
② 发勃耳（Fabre）即法布尔（1823—1915），法国昆虫学家，著有《昆虫记》等。
③ E君：即爱罗先珂，俄国诗人，童话作家。

唯辟作威，唯辟玉食"①么？不是"君子劳心，小人劳力"②么？不是"治于人者食人，治人者食于人"③么？可惜理论虽已卓然，而终于没有发明十全的好方法。要服从作威就须不活，要贡献玉食就须不死；要被治就须不活，要供养治人者又须不死。人类升为万物之灵，自然是可贺的，但没有了细腰蜂的毒针，却很使圣君，贤臣，圣贤，圣贤之徒，以至现在的阔人，学者，教育家觉得棘手。将来未可知，若已往，则治人者虽然尽力施行过各种麻痹术，也还不能十分奏效，与果蠃并驱争先。即以皇帝一伦而言，便难免时常改姓易代，终没有"万年有道之长"；"二十四史"④而多至二十四，就是可悲的铁证。现在又似乎有些别开生面了，世上挺生了一种所谓"特殊知识阶级"⑤的留学生，在研究室中研究之结果，说医学不发达是有益于人种改良的，中国妇女的境遇是极其平等的，一切道理都已不错，一切状态都已够好。E君的发愁，或者也不为无因罢，然而俄国是不要紧的，因为他们不像我们中国，有所谓"特别国情"⑥，还有所谓"特殊知识阶级"。

但这种工作，也怕终于像古人那样，不能十分奏效的罢，因为这实在

①"唯辟作福，唯辟作威，唯辟玉食"：语见《尚书·洪范》。辟，意即天子或诸侯。
②"君子劳心，小人劳力"：语见《左传》。"君子"，指统治阶级；"小人"，指劳动人民。
③"治于人者食人，治人者食于人"：语见《孟子·滕文公》。食：喂养之意。
④"二十四史"：中国古代各朝撰写的二十四部史书的总称，从《史记》至《明史》共24部，合称二十四史。
⑤"特殊知识阶级"：1925年2月，段祺瑞为了抵制孙中山在共产党支持下提出的召开国民会议的主张，拼凑了一个御用的"善后会议"，企图从中产生假的国民会议。当时竟有一批曾在外国留学的人在北京组织"国外大学毕业参加国民会议同志会"，于3月29日在中央公园开会，向"善后会议"提请愿书，要求在未来的国民会议中给他们保留名额，其中说："查国民代表会议之最大任务为规定中华民国宪法，留学者为一特殊知识阶级，无庸讳言，其应参加此项会议，多多益善。"作者批判的所谓"特殊知识阶级"，即指这类留学生。
⑥"特别国情"：1915年袁世凯阴谋恢复帝制时，他的宪法顾问美国人古德诺（F·J·Goodnow）曾于8月10日北京《亚细亚日报》发表一篇《共和与君主论》，说中国自有"特别国情"，不适宜实行民主政治，应当恢复君主政体。这种"特别国情"的谬论，曾经成为反动派阻挠民主改革和反对进步学说的借口。

比细腰蜂所做的要难得多。它于青虫，只须不动，所以仅在运动神经球上一螫，即告成功。而我们的工作，却求其能运动，无知觉，该在知觉神经中枢，加以完全的麻醉的。但知觉一失，运动也就随之失却主宰，不能贡献玉食，恭请上自"极峰"①下至"特殊知识阶级"的赏收享用了。就现在而言，窃以为除了遗老的圣经贤传法，学者的进研究室主义②，文学家和茶摊老板的莫谈国事③律，教育家的勿视勿听勿言勿动④论之外，委实还没有更好，更完全，更无流弊的方法。便是留学生的特别发见，其实也并未轶出了前贤的范围。

那么，又要"礼失而求诸野"⑤了。夷人，现在因为想去取法，姑且称之为外国，他那里，可有较好的法子么？可惜，也没有。所有者，仍不外乎不准集会，不许开口之类，和我们中华并没有什么很不同。然亦可见至道嘉猷，人同此心，心同此理，固无华夷之限也。猛兽是单独的，牛羊则结队；野牛的大队，就会排角成城以御强敌了，但拉开一匹，定只能牟牟地叫。人民与牛马同流，——此就中国而言，夷人别有分类法云，——治之之道，自然应该禁止集合：这方法是对的。其次要防说话。人能说话，已经是祸胎了，而况有时还要做文章。所以仓颉造字，夜有鬼哭⑥。鬼且反对，而况于官？猴子不会说话，猴界即向无风潮，——可是猴界中也没有官，但这又作别论，——确应该虚心取法，反朴归真，则口且不开，文章自

----

①"极峰"：意即最高统治者。旧时官僚政客对最高统治者的媚称。

②进研究室主义：1919 年 7 月，胡适在《每周评论》上发表《多研究些问题，少谈些"主义"》的文章，稍后又提出学者"进研究室""整理国故"的口号，企图诱使青年逃避现实斗争。

③莫谈国事：北洋军阀统治时期，实行恐怖政策，密探四布，茶馆酒肆里多贴有"莫谈国事"的字条，某些文人也把"莫谈国事"当作处世格言。

④勿视勿听勿言勿动：语出《论语·颜渊》："非礼勿视，非礼勿听，非礼勿言，非礼勿动。"

⑤"礼失而求诸野"：孔丘的话，见《汉书·艺文志》。

⑥仓颉造字，夜有鬼哭：见《淮南子·本经训》："昔者仓颉作书而天雨粟，鬼夜哭。"

灭;这方法也是对的。然而上文也不过就理论而言,至于实效,却依然是难说。最显著的例,是连那么专制的俄国,而尼古拉二世①"龙御上宾"②之后,罗马诺夫氏竟已"覆宗绝祀"了。要而言之,那大缺点就在虽有二大良法,而还缺其一,便是:无法禁止人们的思想。

于是我们的造物主——假如天空真有这样的一位"主子"——就可恨了:一恨其没有永远分清"治者"与"被治者";二恨其不给治者生一枝细腰蜂那样的毒针;三恨其不将被治者造得即使砍去了藏着的思想中枢的脑袋而还能动作——服役。三者得一,阔人的地位即永久稳固,统御也永久省了气力,而天下于是乎太平。今也不然,所以即使单想高高在上,暂时维持阔气,也还得日施手段,夜费心机,实在不胜其委屈劳神之至……。

假使没有了头颅,却还能做服役和战争的机械,世上的情形就何等地醒目呵!这时再不必用什么制帽勋章来表明阔人和窄人了,只要一看头之有无,便知道主奴,官民,上下,贵贱的区别。并且也不至于再闹什么革命,共和,会议等等的乱子了,单是电报,就要省下许多许多来。古人毕竟聪明,仿佛早想到过这样的东西,《山海经》上就记载着一种名叫"刑天"③的怪物。他没有了能想的头,却还活着,"以乳为目,以脐为口",——这一点想得很周到,否则他怎么看,怎么吃呢,——实在是很值得奉为师法的。假使我们的国民都能这样,阔人又何等安全快乐?但他又"执干戚而舞",则似乎还是死也不肯安分,和我那专为阔人图便利而设的理想底好国民又不同。陶潜先生又有诗道:"刑天舞干戚,猛志固常在。"连这位貌似旷

---

①尼古拉二世(1868—1918):帝俄罗曼诺夫王朝的最后一个皇帝。
②"龙御上宾":典出《史记·封禅书》,古时指皇帝逝世,意为仙驾乘龙而去。
③"刑天":一作形天,出自《山海经》之《海外西经》:"形天与帝至此争神,帝断其首,葬之常羊之山。乃以乳为目,以脐为口,操干戚以舞。"干,盾牌;戚,斧头。

达的老隐士也这么说,可见无头也会仍有猛志,阔人的天下一时总怕难得太平的了。但有了太多的"特殊知识阶级"的国民,也许有特在例外的希望;况且精神文明太高了之后,精神的头就会提前飞去,区区物质的头的有无也算不得什么难问题。

一九二五年四月二十二日。

灯下漫笔①

一

有一时，就是民国二三年时候，北京的几个国家银行的钞票，信用日见其好了，真所谓蒸蒸日上。听说连一向执迷于现银的乡下人，也知道这既便当，又可靠，很乐意收受，行使了。至于稍明事理的人，则不必是"特殊知识阶级"，也早不将沉重累坠的银元装在怀中，来自讨无谓的苦吃。想来，除了多少对于银子有特别嗜好和爱情的人物之外，所有的怕大都是钞票了罢，而且多是本国的。但可惜后来忽然受了一个不小的打击。

就是袁世凯②想做皇帝的那一年，蔡松坡③虽然停止兑现，政府勒令

---

①本篇最初分两次发表于 1925 年 5 月 1 日、22 日《莽原》周刊第二期和第五期。

②袁世凯在 1911 年的辛亥革命后窃夺了国家的政权，于 1912 年 3 月就任中华民国临时大总统，组织了代表大地主大买办阶级利益的第一个北洋政府；后又于 1913 年 10 月雇用"公民团"包围议会，选举他为正式大总统。但他并不以此为满足，更于 1916 年 1 月恢复君主专制政体，自称皇帝。

③蔡松坡（1882—1916）：名锷，字松坡，湖南邵阳人，辛亥革命时任云南都督，1913 年被袁世凯调到北京，加以监视。1915 年他潜离北京，同年 12 月回到云南组织护国军，讨伐袁世凯。

商民照旧行用的威力却还有的;商民也自有商民的老本领,不说不要,却道找不出零钱。假如拿几十几百的钞票去买东西,我不知道怎样,但倘使只要买一枝笔,一盒烟卷呢,难道就付给一元钞票么?不但不甘心,也没有这许多票。那么,换铜元,少换几个罢,又都说没有铜元。那么,到亲戚朋友那里借现钱去罢,怎么会有?于是降格以求,不讲爱国了,要外国银行的钞票。但外国银行的钞票这时就等于现银,他如果借给你这钞票,也就借给你真的银元了。

我还记得那时我怀中还有三四十元的中交票①,可是忽而变了一个穷人,几乎要绝食,很有些恐慌。俄国革命以后的藏着纸卢布的富翁的心情,恐怕也就这样的罢;至多,不过更深更大罢了。我只得探听,钞票可能折价换到现银呢?说是没有行市。幸而终于,暗暗地有了行市了:六折几。我非常高兴,赶紧去卖了一半。后来又涨到七折了,我更非常高兴,全去换了现银,沉垫垫地坠在怀中,似乎这就是我的性命的斤两。倘在平时,钱铺子如果少给我一个铜元,我是决不答应的。

但我当一包现银塞在怀中,沉垫垫地觉得安心,喜欢的时候,却突然起了另一思想,就是:我们极容易变成奴隶,而且变了之后,还万分喜欢。

假如有一种暴力,"将人不当人",不但不当人,还不及牛马,不算什么东西;待到人们羡慕牛马,发生"乱离人,不及太平犬"的叹息的时候,然后给与他略等于牛马的价格,有如元朝定律,打死别人的奴隶,赔一头牛②,则人们便要心悦诚服,恭颂太平的盛世。为什么呢?因为他虽不算人,究

---

①中交票:当时的国家银行(中国银行和交通银行)发行的钞票。
②关于元朝的打死别人奴隶赔一头牛的定律,多桑《蒙古史》第二卷第二章中引有元太宗窝阔台的话说:"成吉思汗法令,杀一回教徒者罚黄金四十巴里失,而杀一汉人者其偿价仅与一驴相等。"(据冯承钧译文)当时汉人的地位和奴隶相等。

竟已等于牛马了。

我们不必恭读《钦定二十四史》，或者入研究室，审察精神文明的高超。只要一翻孩子所读的《鉴略》①，则看《历代纪元编》②，——还嫌烦重③，就知道"三千余年古国古"④的中华，历来所闹的就不过是这一个小玩艺。但在新近编纂的所谓"历史教科书"一流东西里，却不大看得明白了，只仿佛说：咱们向来就很好的。

但实际上，中国人向来就没有争到过"人"的价格，至多不过是奴隶，到现在还如此，然而下于奴隶的时候，却是数见不鲜的。中国的百姓是中立的，战时连自己也不知道属于那一面，但又属于无论那一面。强盗来了，就属于官，当然该被杀掠；官兵既到，该是自家人了罢，但仍然要被杀掠，仿佛又属于强盗似的。这时候，百姓就希望有一个一定的主子，拿他们去做百姓，——不敢，是拿他们去做牛马，情愿自己寻草吃，只求他决定他们怎样跑。

假使真有谁能够替他们决定，定下什么奴隶规则来，自然就"皇恩浩荡"了。可惜的是往往暂时没有谁能定。举其大者，则如五胡十六国⑤的时候，黄巢⑥的时候，五代时候，宋末元末时候，除了老例的服役纳粮以

---

①《鉴略》：清代王仕云著，全书为四言韵语，是旧时初级历史读物，上起盘古，下迄明弘光。

②《历代纪元编》：清代李兆洛著；分为三卷，上卷纪元总载，中卷纪元甲子表，下卷纪元编韵；是中国历史的干支年表。

③烦重：现代汉语作"繁重"。

④"三千余年古国古"：语出清代黄遵宪《出军歌》："四千余岁古国古，是我完全土。"

⑤五胡十六国：公元304年至439年间，我国匈奴、羯、鲜卑、氐、羌等五个少数民族先后在北方和西蜀立国，计有前赵、后赵、前燕、后燕、南燕、后凉、南凉、北凉、前秦、后秦、西秦、夏、成汉，加上汉族建立的前凉、西凉、北燕，共十六国，史称"五胡十六国"。

⑥黄巢（？—884）：曹州冤句（今山东菏泽）人，唐末农民起义领袖。唐乾符二年（875）参加王仙芝的起义。王仙芝阵亡后，被推为领袖，破洛阳，入潼关，广明一年（880）据长安，称大齐皇帝。后因内部分裂，为沙陀国李克用所败，中和四年（884）在泰山虎狼谷被围自杀。

外，都还要受意外的灾殃。张献忠的脾气更古怪了，不服役纳粮的要杀，服役纳粮的也要杀，敌他的要杀，降他的也要杀：将奴隶规则毁得粉碎。这时候，百姓就希望来一个另外的主子，较为顾及他们的奴隶规则的，无论仍旧，或者新颁，总之是有一种规则，使他们可上奴隶的轨道。

"时日曷丧，予及汝偕亡！"①愤言而已，决心实行的不多见。实际上大概是群盗如麻，纷乱至极之后，就有一个较强，或较聪明，或较狡滑，或是外族的人物出来，较有秩序地收拾了天下。厘定规则：怎样服役，怎样纳粮，怎样磕头，怎样颂圣。而且这规则是不像现在那样朝三暮四的。于是便"万姓胪欢"了；用成语来说，就叫作"天下太平"。

任凭你爱排场的学者们怎样铺张，修史时候设些什么"汉族发祥时代""汉族发达时代""汉族中兴时代"的好题目，好意诚然是可感的，但措辞太绕弯子了。有更其直捷了当的说法在这里——

一，想做奴隶而不得的时代；

二，暂时做稳了奴隶的时代。

这一种循环，也就是"先儒"之所谓"一治一乱"②；那些作乱人物，从后日的"臣民"看来，是给"主子"清道辟路的，所以说："为圣天子驱除云尔。"③

现在入了那一时代，我也不了然。但看国学家的崇奉国粹，文学家的赞叹固有文明，道学家的热心复古，可见于现状都已不满了。然而我们究竟正向着那一条路走呢？百姓是一遇到莫名其妙的战争，稍富的迁进租界，妇孺则避入教堂里去了，因为那些地方都比较的"稳"，暂不至于想做奴隶而不得。总而言之，复古的，避难的，无智愚贤不肖，似乎都已神往于

---

①"时日曷丧，予及汝偕亡！"：语见《尚书·汤誓》。意为"你几日死亡，我和你同归于尽"。
②"一治一乱"：语见《孟子·滕文公》："天下之生久矣，一治一乱。"
③语出《汉书·王莽传赞》："圣王之驱除云尔。"唐代颜师古注："言驱逐蠲除以待圣人也。"

三百年前的太平盛世,就是"暂时做稳了奴隶的时代"了。

但我们也就都像古人一样,永久满足于"古已有之"的时代么?都像复古家一样,不满于现在,就神往于三百年前的太平盛世么?

自然,也不满于现在的,但是,无须反顾,因为前面还有道路在。而创造这中国历史上未曾有过的第三样时代,则是现在的青年的使命!

二

但是赞颂中国固有文明的人们多起来了,加之以外国人。我常常想,凡有来到中国的,倘能疾首蹙额而憎恶中国,我敢诚意地捧献我的感谢,因为他一定是不愿意吃中国人的肉的!

鹤见祐辅氏①在《北京的魅力》中,记一个白人将到中国,预定的暂住时候是一年,但五年之后,还在北京,而且不想回去了。有一天,他们两人一同吃晚饭——

"在圆的桃花心木的食桌前坐定,川流不息地献着出海的珍味,谈话就从古董,画,政治这些开头。电灯上罩着支那式的灯罩,淡淡的光洋溢于古物罗列的屋子中。什么无产阶级呀,Proletariat②呀那些事,就像不过在什么地方刮风。

"我一面陶醉在支那生活的空气中,一面深思着对于外人有着'魅力'的这东西。元人也曾征服支那,而被征服于汉人种的生活美了;满人也征服支那,而被征服于汉人种的生活美了。现

---

①鹤见祐辅(1885—1973):日本评论家。作者曾选译过他的随笔集《思想·山水·人物》,《北京的魅力》一文即见于该书。

②Proletariat:英文,意为无产阶级。

在西洋人也一样，嘴里虽然说着 Democracy① 呀，什么什么呀，而却被魅于支那人费六千年而建筑起来的生活的美。一经住过北京，就忘不掉那生活的味道。大风时候的万丈的沙尘，每三月一回的督军们的开战游戏，都不能抹去这支那生活的魅力。"

这些话我现在还无力否认他。我们的古圣先贤既给与我们保古守旧的格言，但同时也排好了用子女玉帛所做的奉献于征服者的大宴。中国人的耐劳，中国人的多子，都就是办酒的材料，到现在还为我们的爱国者所自诩的。西洋人初入中国时，被称为蛮夷，自不免个个蹙额，但是，现在则时机已至，到了我们将曾经献于北魏，献于金，献于元，献于清的盛宴，来献给他们的时候了。出则汽车，行则保护：虽遇清道，然而通行自由的；虽或被劫，然而必得赔偿的；孙美瑶②掳去他们站在军前，还使官兵不敢开火。何况在华屋中享用盛宴呢？待到享受盛宴的时候，自然也就是赞颂中国固有文明的时候；但是我们的有些乐观的爱国者，也许反而欣然色喜，以为他们将要开始被中国同化了罢。古人曾以女人作苟安的城堡，美其名以自欺曰"和亲"，今人还用子女玉帛为作奴的贽敬，又美其名曰"同化"。所以倘有外国的谁，到了已有赴宴的资格的现在，而还替我们诅咒中国的现状者，这才是真有良心的真可佩服的人！

但我们自己是早已布置妥帖了，有贵贱，有大小，有上下。自己被人凌虐，但也可以凌虐别人；自己被人吃，但也可以吃别人。一级一级的制驭着，不能动弹，也不想动弹了。因为倘一动弹，虽或有利，然而也有弊。我们且看古人的良法美意罢——

①Democracy：英文，意为民主。
②孙美瑶：当时占领山东抱犊崮的土匪头领。1923 年 5 月 5 日他在津浦铁路临城站劫车，掳去中外旅客二百多人，是当时哄动一时的事件。

"天有十日,人有十等。下所以事上,上所以共神也。故王臣公,公臣大夫,大夫臣士,士臣皂,皂臣舆,舆臣隶,隶臣僚,僚臣仆,仆臣台①。"(《左传》昭公七年)

但是"台"没有臣,不是太苦了么?无须担心的,有比他更卑的妻,更弱的子在。而且其子也很有希望,他日长大,升而为"台",便又有更卑更弱的妻子,供他驱使了。如此连环,各得其所,有敢非议者,其罪名曰不安分!

虽然那是古事,昭公七年离现在也太辽远了,但"复古家"尽可不必悲观的。太平的景象还在:常有兵燹,常有水旱,可有谁听到大叫唤么?打的打,革的革,可有处士来横议么?对国民如何专横,向外人如何柔媚,不犹是差等的遗风么?中国固有的精神文明,其实并未为共和二字所埋没,只有满人已经退席,和先前稍不同。

因此我们在目前,还可以亲见各式各样的筵宴,有烧烤,有翅席,有便饭,有西餐。但茅檐下也有淡饭,路傍也有残羹,野上也有饿莩;有吃烧烤的身价不资的阔人,也有饿得垂死的每斤八文的孩子②。所谓中国的文明者,其实不过是安排给阔人享用的人肉的筵宴。所谓中国者,其实不过是安排这人肉的筵宴的厨房。不知道而赞颂者是可恕的,否则,此辈当得永远的诅咒!

外国人中,不知道而赞颂者,是可恕的;占了高位,养尊处优,因此受了蛊惑,昧却灵性而赞叹者,也还可恕。可是还有两种,其一是以中国

---

①王、公、大夫、士、皂、舆、隶、僚、仆、台是奴隶社会等级的名称。前四种是统治者的等级,后六种是被奴役者的等级。

②每斤八文的孩子:1925年5月2日《现代评论》第一卷第二十一期载有仲瑚的《一个四川人的通信》,叙说当时军阀统治下四川劳动人民的悲惨生活,其中说:"男小孩只卖八枚铜子一斤,女小孩连这个价钱也卖不了。"

人为劣种，只配悉照原来模样，因而故意称赞中国的旧物。其一是愿世间人各不相同以增自己旅行的兴趣，到中国看辫子，到日本看木屐，到高丽看笠子，倘若服饰一样，便索然无味了，因而来反对亚洲的欧化。这些都可憎恶。至于罗素①在西湖见轿夫含笑，便赞美中国人，则也许别有意思罢。但是，轿夫如果能对坐轿的人不含笑，中国也早不是现在似的中国了。

这文明，不但使外国人陶醉，也早使中国一切人们无不陶醉而且至于含笑。因为古代传来而至今还在的许多差别，使人们各各分离，遂不能再感到别人的痛苦；并且因为自己各有奴使别人，吃掉别人的希望，便也就忘却自己同有被奴使被吃掉的将来。于是大小无数的人肉的筵宴，即从有文明以来一直排到现在，人们就在这会场中吃人，被吃，以凶人的愚妄的欢呼，将悲惨的弱者的呼号遮掩，更不消说女人和小儿。

这人肉的筵宴现在还排着，有许多人还想一直排下去。扫荡这些食人者，掀掉这筵席，毁坏这厨房，则是现在的青年的使命！

一九二五年四月二十九日。

---

①罗素（B·Russell，1872—1970）：英国哲学家。1920年曾来中国讲学，并在各地游览。关于"轿夫含笑"事，见他所著《中国问题》一书："我记得一个大夏天，我们几个人坐轿过山，道路崎岖难行，轿夫非常的辛苦；我们到了山顶，停十分钟，让他们休息一会。立刻他们就并排地坐下来了，抽出他们的烟袋来，谈着笑着，好像一点忧虑都没有似的。"

论"他妈的！"①

　　无论是谁，只要在中国过活，便总得常听到"他妈的"或其相类的口头禅。我想：这话的分布，大概就跟着中国人足迹之所至罢；使用的遍数，怕也未必比客气的"您好呀"会更少。假使依或人所说，牡丹是中国的"国花"，那么，这就可以算是中国的"国骂"了。

　　我生长于浙江之东，就是西滢先生之所谓"某籍"②。那地方通行的"国骂"却颇简单：专一以"妈"为限，决不牵涉余人。后来稍游各地，才始惊异于国骂之博大而精微：上溯祖宗，旁连姊妹，下递子孙，普及同性，真

----

①本篇最初发表于 1925 年 7 月 27 日《语丝》周刊第三十七期。
②陈西滢(1896—1970)：即陈源，字通伯，现代评论派重要成员。在《现代评论》第一卷第二十五期发表的《闲话》中攻击鲁迅等人说："以前我们常常听说女师大的风潮，有在北京教育界占最大势力的某籍某系的人在暗中鼓动，可是我们总不敢相信。……但是这篇宣言一出，免不了流言更加传布得利害了。"某籍则是指鲁迅的籍贯浙江。

是"犹河汉而无极也"①。而且，不特用于人，也以施之兽。前年，曾见一辆煤车的只轮陷入很深的辙迹里，车夫便愤然跳下，出死力打那拉车的骡子道："你姊姊的！你姊姊的！"

别的国度里怎样，我不知道。单知道诺威人 Hamsun② 有一本小说叫《饥饿》，粗野的口吻是很多的，但我并不见这一类话。Gorky③ 所写的小说中多无赖汉，就我所看过的而言，也没有这骂法。惟独Artzybashev④ 在《工人绥惠略夫》里，却使无抵抗主义者亚拉借夫骂了一句"你妈的"。但其时他已经决计为爱而牺牲了，使我们也失却笑他自相矛盾的勇气。这骂的翻译，在中国原极容易的，别国却似乎为难，德文译本作"我使用过你的妈"，日文译本作"你的妈是我的母狗"。这实在太费解，——由我的眼光看起来。

那么，俄国也有这类骂法的了，但因为究竟没有中国似的精博，所以光荣还得归到这边来。好在这究竟又并非什么大光荣，所以他们大约未必抗议；也不如"赤化"之可怕，中国的阔人，名人，高人，也不至于骇死的。但是，虽在中国，说的也独有所谓"下等人"，例如"车夫"之类，至于有身分的上等人，例如"士大夫"之类，则决不出之于口，更何况笔之于书。"予生也晚"，赶不上周朝，未为大夫，也没有做士，本可以放笔直干的，然而终于改头换面，从"国骂"上削去一个动词和一个名词，又改对称为第三人称者，恐怕还因为到底未曾拉车，因而也就不免"有点贵族气味"之故。那用途，既然只限于一部分，似乎又有些不能算作"国骂"了；但也不然，阔人所

①语见《庄子·逍遥游》："吾惊怖其言，犹河汉而无极也。"河汉，即银河。
②Hamsun：即哈姆生(1859—1952)，挪威小说家。《饥饿》是他在 1890 年发表的长篇小说。
③Gorky：即高尔基(1868—1936)，前苏联著名的作家、诗人、学者。
④Artzybashev：阿尔志跋绥夫。

赏识的牡丹，下等人又何尝以为"花之富贵者也"①？

这"他妈的"的由来以及始于何代，我也不明白。经史上所见骂人的话，无非是"役夫"，"奴"，"死公"②；较厉害的，有"老狗"，"貉子"③；更厉害，涉及先代的，也不外乎"而母婢也"，"赘阉遗丑"④罢了！还没见过什么"妈的"怎样，虽然也许是士大夫讳而不录。但《广弘明集》（七）记北魏邢子才"以为妇人不可保。谓元景曰，'卿何必姓王？'元景变色。⑤ 子才曰，'我亦何必姓邢；能保五世耶？'"则颇有可以推见消息的地方。

晋朝已经是大重门第，重到过度了；华胄世业，子弟便易于得官；即使是一个酒囊饭袋，也还是不失为清品。北方疆土虽失于拓跋氏⑥，士人却更其发狂似的讲究阀阅，区别等第，守护极严。庶民中纵有俊才，也不能和大姓比并⑦。至于大姓，实不过承祖宗余荫，以旧业骄人，空腹高心⑧，当然使人不耐。但士流既然用祖宗做护符，被压迫的庶民自然也就将他们的祖宗当作仇敌。邢子才的话虽然说不定是否出于愤激，但对于躲在

---

①"花之富贵者也"：语见宋代周敦颐《爱莲说》。

②"役夫"：晋代杜预注："役夫，贱者称。""奴"：《南史·宋本纪》记"帝（前废帝刘子业）自以为昔在东宫，不为孝武所爱，及即位，将掘景宁陵，太史言于帝不利而止；乃纵粪于陵，肆骂孝武帝为鲢奴。""死公"：唐代李贤注："死公，骂言也；等道，犹言何勿语也。"

③"老狗"：出自汉代班固的《汉孝武故事》。栗姬骂景帝"老狗，上心衔之未发也。""貉子"出自南朝宋刘义庆的《世说新语·惑溺》："孙秀降晋，晋武帝厚存宠之，妻以姨妹蒯氏，室家甚笃；妻尝妒，乃骂秀为貉子，秀大不平，遂不复入。"

④"而母婢也"：出自《战国策·赵策》："周烈王崩，诸侯皆吊。齐后往，周怒，赴于齐曰：'天崩地坼，天子下席，东藩之臣田婴齐后至则斩之。'（齐）威王勃然怒曰：'叱嗟，而（尔）母婢也！'""赘阉遗丑"：出自陈琳的《为袁绍檄豫州文》。

⑤《广弘明集》：唐代和尚道宣编，三十卷，内容为晋至唐阐明佛法的文章。邢子才（496—？）：名邵，河间（今属河北）人，东魏武定末任太常卿。元景（？—559）：即王昕，字元景，北海剧（今山东东昌）人，东魏武定末任太子詹事，系邢子才的好友。

⑥拓跋氏：古代鲜卑族的一支。公元386年拓跋珪自立为魏王，后日益强大，占有黄河以北的土地；公元398年建都平城（今大同），称帝改元，史称北魏。

⑦比并：比肩，并列。

⑧空腹高心：是指腹内空虚而目空一切。形容并无真才实学。

门第下的男女,却确是一个致命的重伤。势位声气,本来仅靠了"祖宗"这惟一的护符而存,"祖宗"倘一被毁,便什么都倒败了。这是倚赖"余荫"①的必得的果报。

同一的意思,但没有邢子才的文才,而直出于"下等人"之口的,就是:"他妈的!"

要攻击高门大族②的坚固的旧堡垒,却去瞄准他的血统,在战略上,真可谓奇谲的了。最先发明这一句"他妈的"的人物,确要算一个天才,——然而是一个卑劣的天才。

唐以后,自夸族望的风气渐渐消除;到了金元,已奉夷狄为帝王,自不妨拜屠沽作卿士,"等"的上下本该从此有些难定了,但偏还有人想辛辛苦苦地爬进"上等"去。刘时中③的曲子里说:"堪笑这没见识街市匹夫,好打那好顽劣。江湖伴侣,旋将表德官名相体呼,声音多厮称④,字样不寻俗。听我一个个细数:粜(tiào)米的唤子良;卖肉的呼仲甫……开张卖饭的呼君宝⑤;磨面登罗底叫德夫:何足云乎?!"(《乐府新编阳春白雪》三)这就是那时的暴发户的丑态。

"下等人"还未暴发之先,自然大抵有许多"他妈的"在嘴上,但一遇机会,偶窃一位,略识几字,便即文雅起来:雅号也有了;身分也高了;家谱也修了,还要寻一个始祖,不是名儒便是名臣。从此化为"上等人",也如上等前辈一样,言行都很温文尔雅。然而愚民究竟也有聪明的,早已看穿了

①"余荫":比喻前辈惠及子孙的恩泽。
②高门:显贵的家族;大族:声势煊赫的家族。高贵的、地位显要的家庭或有特权的家族。
③刘时中:名致,字时中,号逋斋,石州宁乡(今山西离石)人,元代词曲家。
④厮称:相称;相配。
⑤君宝:宋末岳州(今湖南岳阳)人,卒战乱中,其妻被元兵掠至杭,不肯从,自投池水而死。

这鬼把戏，所以又有俗谚，说："口上仁义礼智①，心里男盗女娼②!"他们是很明白的。

于是他们反抗了，曰："他妈的!"

但人们不能蔑弃扫荡人我的余泽和旧荫，而硬要去做别人的祖宗，无论如何，总是卑劣的事。有时，也或加暴力于所谓"他妈的"的生命上，但大概是乘机，而不是造运会③，所以无论如何，也还是卑劣的事。

中国人至今还有无数"等"，还是依赖门第，还是倚仗祖宗。倘不改造，即永远有无声的或有声的"国骂"。就是"他妈的"，围绕在上下和四旁，而且这还须在太平的时候。

但偶尔也有例外的用法：或表惊异，或表感服。我曾在家乡看见乡农父子一同午饭，儿子指一碗菜向他父亲说："这不坏，妈的你尝尝看!"那父亲回答道："我不要吃。妈的你吃去罢!"则简直已经醇化为现在时行的"我的亲爱的"的意思了。

一九二五年七月十九日。

---

①仁义礼智：仁，仁爱；义，忠义；礼，礼仪；智，见识。遵守仁爱、忠信、礼仪并勤学以增长见识等伦理规范。

②男盗女娼：女的当娼妓，靠色相生活；男的做强盗，打群架。形容品质行为卑鄙恶劣。常用来形容道德水平极端低下的社会形态。

③运会：时运际会；时势。

《随感录三十八》

《灯下漫笔》

论睁了眼看①

虚生先生②所做的时事短评中,曾有一个这样的题目:《我们应该有正眼看各方面的勇气》(《猛进》十九期)。诚然,必须敢于正视,这才可望敢想,敢说,敢作,敢当。倘使并正视而不敢,此外还能成什么气候。然而,不幸这一种勇气,是我们中国人最所缺乏的。

但现在我所想到的是别一方面——

中国的文人,对于人生,——至少是对于社会现象,向来就多没有正视的勇气。我们的圣贤,本来早已教人"非礼勿视"③的了;而这"礼"又非常之严,不但"正视",连"平视""斜视"也不许。现在青年的精神未可知,

①本篇发表于 1925 年 8 月《语丝》周刊。
②即徐炳昶(1886—1976),《猛进》周刊主编。
③孔子的《论语》卷六《颜渊第十二》:"非礼勿视,非礼勿听,非礼勿言,非礼勿动。"

在体质,却大半还是弯腰曲背,低眉顺眼,表示着老牌的老成的子弟,驯良的百姓,——至于说对外却有大力量,乃是近一月来的新说,还不知道究竟是如何。

再回到"正视"问题去:先既不敢,后便不能,再后,就自然不视,不见了。一辆汽车坏了,停在马路上,一群人围着呆看,所得的结果是一团乌油油的东西。然而由本身的矛盾或社会的缺陷所生的苦痛,虽不正视,却要身受的。文人究竟是敏感人物,从他们的作品上看来,有些人确也早已感到不满,可是一到快要显露缺陷的危机一发之际,他们总即刻连说"并无其事",同时便闭上了眼睛。这闭着的眼睛便看见一切圆满,当前的苦痛不过是"天之将降大任于是人也,必先苦其心志,劳其筋骨,饿其体肤,空乏其身,行拂乱其所为。"①于是无问题,无缺陷,无不平,也就无解决,无改革,无反抗。因为凡事总要"团圆"②,正无须我们焦躁;放心喝茶,睡觉大吉。再说费话,就有"不合时宜"之咎,免不了要受大学教授的纠正了。呸!

我并未实验过,但有时候想:倘将一位久蛰洞房的老太爷抛在夏天正午的烈日底下,或将不出闺门的千金小姐拖到旷野的黑夜里,大概只好闭了眼睛,暂续他们残存的旧梦,总算并没有遇到暗或光,虽然已经是绝不相同的现实。中国的文人也一样,万事闭眼睛,聊以自欺,而且欺人,那方法是:瞒和骗。

中国婚姻方法的缺陷,才子佳人小说③作家早就感到了,他于是使一

---

①语出孟子的《生于忧患,死于安乐》。

②中国古代文学作品多大团圆结局,可以说中国古代没有真正意义的悲剧。这样的作用有一个目的,就是宣扬儒家思想,维护统治者的封建统治。从某种意义上说,这是由古代文学作品的创作者的思想局限所造成的。

③才子佳人小说:明末清初涌现的一大批小说,是人情小说的一个分支和流派。在这类小说中"男女以诗为媒介,由爱才而产生了思慕与追求,私订终身结良缘,中经豪门权贵为恶构隙而离散多经波折终因男中三元而团圆。"

个才子在壁上题诗,一个佳人便来和,由倾慕——现在就得称恋爱——而至于有"终身之约"。但约定之后,也就有了难关。我们都知道,"私订终身"①在诗和戏曲或小说上尚不失为美谈(自然只以与终于中状元的男人私订为限),实际却不容于天下的,仍然免不了要离异。明末的作家便闭上眼睛,并这一层也加以补救了,说是:才子及第,奉旨成婚。"父母之命媒妁之言"经这大帽子来一压,便成了半个铅钱也不值,问题也一点没有了。假使有之,也只在才子的能否中状元,而决不在婚姻制度的良否。

(近来有人以为新诗人的做诗发表,是在出风头,引异性;且迁怒于报章杂志之滥登。殊不知即使无报,墙壁实"古已有之",早做过发表机关了;据《封神演义》,纣王已曾在女娲庙壁上题诗,那起源实在非常之早。报章可以不取白话,或排斥小诗,墙壁却拆不完,管不及的;倘一律刷成黑色,也还有破磁可划,粉笔可书,真是穷于应付。做诗不刻木板,去藏之名山,却要随时发表,虽然很有流弊,但大概是难以杜绝的罢。)

《红楼梦》中的小悲剧,是社会上常有的事,作者又是比较的敢于实写的,而那结果也并不坏。无论贾氏家业再振,兰桂齐芳②,即宝玉自己,也成了个披大红猩猩毡斗篷的和尚。和尚多矣,但披这样阔斗篷的能有几个,已经是"入圣超凡"无疑了。至于别的人们,则早在册子里一一注定,末路不过一个归结:是问题的结束,不是问题的开头。读者即小有不安,也终于奈何不得。然而后或续或改,非借尸还魂,即冥中另配,必令"生旦当场团圆",才肯放手者,乃是自欺欺人的瘾太大,所以看了小小骗

①"私订终身":中国封建社会青年男女为爱情所驱使,摆脱父母之命,媒妁之言等封建礼教的束缚,双方相爱,私自定下终身大事。在封建礼教束缚下的旧中国,私定终身被认为是违背礼教和大逆不道的。

②兰桂:兰桂是红楼中第三代子孙的名字,贾兰和贾桂,分别是李纨的孩子和宝玉宝钗的孩子,用兰桂替代他们的名字,指代子孙一辈;芳:比喻美德、美声。旧指儿孙同时显贵发达。

局,还不甘心,定须闭眼胡说一通而后快。赫克尔(E•Haeckel)①说过:人和人之差,有时比类人猿和原人之差还远。我们将《红楼梦》的续作者和原作一比较,就会承认这话大概是确实的。

"作善降祥"的古训,六朝人本已有些怀疑了,他们作墓志,竟会说"积善不报,终自欺人"的话。但后来的昏人,却又瞒起来。元刘信将三岁痴儿抛入醮纸火盆,妄希福佑,是见于《元典章》②的;剧本《小张屠焚儿救母》③却道是为母延命,命得延,儿亦不死了。一女愿侍痼疾之夫,《醒世恒言》中还说终于一同自杀的;后来改作的却道是有蛇坠入药罐里,丈夫服后便全愈了。凡有缺陷,一经作者粉饰,后半便大抵改观,使读者落诬妄中,以为世间委实尽够光明,谁有不幸,便是自作,自受。

有时遇到彰明的史实,瞒不下,如关羽岳飞的被杀,便只好别设骗局了。一是前世已造凤因,如岳飞;一是死后使他成神,如关羽。定命不可逃,成神的善报更满人意,所以杀人者不足责,被杀者也不足悲,冥冥中自有安排,使他们各得其所,正不必别人来费力了。

中国人的不敢正视各方面,用瞒和骗,造出奇妙的逃路来,而自以为正路。在这路上,就证明著国民性的怯弱,懒惰,而又巧滑。一天一天的满足着,即一天一天的堕落着,但却又觉得日见其光荣。在事实上,亡国一次,即添加几个殉难的忠臣,后来每不想光复旧物,而只去赞美那几个忠臣;遭劫一次,即造成一群不辱的烈女,事过之后,也每每不思惩凶,自卫,却只顾歌咏那一群烈女。仿佛亡国遭劫的事,反而给中国人发挥"两间正气"的机会,增高价值,即在此一举,应该一任其至,不足忧悲似的。

---

①赫克尔(E•Haeckel):今译海克尔(1834—1919),德国生物专家。
②《元典章》:即《大元圣政国朝典章》,辑录元世祖中统元年(1260)至英宗至治二年(1322)间的法令文书。
③《小张屠焚儿救母》:元代杂剧。

自然,此上也无可为,因为我们已经借死人获得最上的光荣了。沪汉烈士的追悼会中,活的人们在一块很可景仰的高大的木主下互相打骂,也就是和我们的先辈走着同一的路。

文艺是国民精神所发的火光,同时也是引导国民精神的前途的灯火。这是互为因果的,正如麻油从芝麻榨出,但以浸芝麻,就使它更油。倘以油为上,就不必说;否则,当参入别的东西,或水或碱去。中国人向来因为不敢正视人生,只好瞒和骗,由此也生出瞒和骗的文艺来,由这文艺,更令中国人更深地陷入瞒和骗的大泽中,甚而至于已经自己不觉得。世界日日改变,我们的作家取下假面,真诚地,深入地,大胆地看取人生并且写出他的血和肉来的时候早到了;早就应该有一片崭新的文场,早就应该有几个凶猛的闯将!

现在,气象似乎一变,到处听不见歌吟花月的声音了,代之而起的是铁和血的赞颂。然而倘以欺瞒的心,用欺瞒的嘴,则无论说 A 和 O,或 Y 和 Z,一样是虚假的;只可以吓哑了先前鄙薄花月的所谓批评家的嘴,满足地以为中国就要中兴。可怜他在"爱国"的大帽子底下又闭上了眼睛了——或者本来就闭著。

没有冲破一切传统思想和手法的闯将,中国是不会有真的新文艺的。

一九二五年七月二十二日。

随感录三十八①

    中国人向来有点自大。——只可惜没有"个人的自大"，都是"合群的爱国的自大"。这便是文化竞争失败之后，不能再见振拔改进的原因。

    "个人的自大"，就是独异，是对庸众宣战。除精神病学上的夸大狂外，这种自大的人，大抵有几分天才，——照 Nordau② 等说，也可说就是几分狂气。他们必定自己觉得思想见识高出庸众之上，又为庸众所不懂，所以愤世疾俗，渐渐变成厌世家，或"国民之敌"③。但一切新思想，多从他们出来，政治上宗教上道德上的改革，也从他们发端。所以多有这"个

---

    ①本篇发表于 1918 年 11 月《新青年》，署名迅。

    ②Nordau：即诺尔道(1849—1923)，出生于匈牙利的德国医生、政论家、作家。

    ③"国民之敌"：这里指那种热心社会事业而又被公众误认为包藏祸心的人物，其称出自挪威剧作家易卜生的剧本《国民之敌》(一译《人民公敌》)。该剧主人公斯多克芒是一个温泉浴场的医生，因发现浴场矿泉含有传染病菌，建议对浴场加以改建，可是当地政府和公众却担心经济利益受损而竭力反对，以致将斯多克芒革职，宣布他为"国民之敌"。

人的自大"的国民，真是多福气！多幸运！

"合群的自大"，"爱国的自大"，是党同伐异，是对少数的天才宣战；——至于对别国文明宣战，却尚在其次。他们自己毫无特别才能，可以夸示于人，所以把这国拿来做个影子；他们把国里的习惯制度抬得很高，赞美得了不得；他们的国粹，既然这样有荣光，他们自然也有荣光了！倘若遇见攻击，他们也不必自去应战，因为这种蹲在影子里张目摇舌的人，数目极多，只须用 mob① 的长技，一阵乱噪，便可制胜。胜了，我是一群中的人，自然也胜了；若败了时，一群中有许多人，未必是我受亏：大凡聚众滋事时，多具这种心理，也就是他们的心理。他们举动，看似猛烈，其实却很卑怯。至于所生结果，则复古，尊王，扶清灭洋等等，已领教得多了。所以多有这"合群的爱国的自大"的国民，真是可哀，真是不幸！

不幸中国偏只多这一种自大：古人所作所说的事，没一件不好，遵行还怕不及，怎敢说到改革？这种爱国的自大家的意见，虽各派略有不同，根柢总是一致，计算起来，可分作下列五种：

甲云："中国地大物博，开化最早；道德天下第一。"这是完全自负。

乙云："外国物质文明虽高，中国精神文明更好。"

丙云："外国的东西，中国都已有过；某种科学，即某子所说的云云"，这两种都是"古今中外派"的支流；依据张之洞②的格言，以"中学为体西学为用"的人物。

丁云："外国也有叫化子，——（或云）也有草舍，——娼妓，——臭虫。"这是消极的反抗。

---

① mob：英文，乌合之众。

② 张之洞（1837—1909）：历任两广总督、湖广总督、军机大臣等职。数十年间，于各任内广设武备，倡办实业，汲引西方工业技术。曾主持筹办汉阳铁厂、芦汉铁路、粤汉铁路，并开设多所新式学堂，因而被视为洋务派领袖人物。他在《劝学篇》一书中提出"中学为体，西学为用"，成为近代中国思想界一个争论不休的话题。

戊云:"中国便是野蛮的好。"又云:"你说中国思想昏乱,那正是我民族所造成的事业的结晶。从祖先昏乱起,直要昏乱到子孙;从过去昏乱起,直要昏乱到未来。……(我们是四万万人,)你能把我们灭绝么?"①这比"丁"更进一层,不去拖人下水,反以自己的丑恶骄人;至于口气的强硬,却很有《水浒传》中牛二的态度。

五种之中,甲乙丙丁的话,虽然已很荒谬,但同戊比较,尚觉情有可原,因为他们还有一点好胜心存在。譬如衰败人家的子弟,看见别家兴旺,多说大话,摆出大家架子;或寻求人家一点破绽,聊给自己解嘲。这虽然极是可笑,但比那一种掉了鼻子,还说是祖传老病,夸示于众的人,总要算略高一步了。

戊派的爱国论最晚出,我听了也最寒心;这不但因其居心可怕,实因他所说的更为实在的缘故。昏乱的祖先,养出昏乱的子孙,正是遗传的定理。民族根性造成之后,无论好坏,改变都不容易的。法国 G·Le Bon②著《民族进化的心理》中,说及此事道(原文已忘,今但举其大意)——"我们一举一动,虽似自主,其实多受死鬼的牵制。将我们一代的人,和先前几百代的鬼比较起来,数目上就万不能敌了。"我们几百代的祖先里面,昏乱的人,定然不少:有讲道学③的儒生,也有讲阴阳五行④的道士,有静坐

---

①这里是套用学者任鸿隽的言论。当时,钱玄同等人认为,改造中国旧文化须首先废灭汉字。任鸿隽为反驳此说,在给胡适的信中故以偏颇姿态宣称:中国的昏乱根源不仅在于文字,而且存在于所有中国人的心脑中,所以"若要中国好,除非使中国人种先行灭绝"。此信发表于1918年8月15日《新青年》第五卷第二号。

②勒朋(1841—1931):也译作勒旁,法国医生和社会心理学家。代表作《乌合之众》。

③道学:又称理学,是宋代周敦颐、程颢、程颐、朱熹等人阐释儒家学说而形成的唯心主义思想体系。它认为"理"是宇宙的本体,把"三纲五常"等封建伦理道德说成是"天理",提出"存天理,灭人欲"的主张,以维护腐朽的封建统治。

④阴阳五行:原是我国古代一种具有朴素的唯物主义和辩证法的自然观。它用水、火、木、金、土五种物质和"阴阳"的概念来解释自然界的起源、发展和变化。后来儒家和道家将阴阳五行学说加以歪曲和神秘化,用来附会解释王朝兴替和社会变动以至人的命运,宣扬唯心主义和神秘主义。

炼丹的仙人,也有打脸打把子①的戏子。所以我们现在虽想好好做"人",难保血管里的昏乱分子不来作怪,我们也不由自主,一变而为研究丹田脸谱的人物:这真是大可寒心的事。但我总希望这昏乱思想遗传的祸害,不至于有梅毒那样猛烈,竟至百无一免。即使同梅毒一样,现在发明了六百零六②,肉体上的病,既可医治;我希望也有一种七百零七的药,可以医治思想上的病。这药原来也已发明,就是"科学"一味。只希望那班精神上掉了鼻子的朋友,不要又打着"祖传老病"的旗号来反对吃药,中国的昏乱病,便也总有全愈的一天。祖先的势力虽大,但如从现代起,立意改变:扫除了昏乱的心思,和助成昏乱的物事(儒道两派的文书),再用了对症的药,即使不能立刻奏效,也可把那病毒略略羼(chàn)淡。如此几代之后待我们成了祖先的时候,就可以分得昏乱祖先的若干势力,那时便有转机,Le Bon 所说的事,也不足怕了。

以上是我对于"不长进的民族"的疗救方法;至于"灭绝"一条,那是全不成话,可不必说。"灭绝"这两个可怕的字,岂是我们人类应说的?只有张献忠这等人曾有如此主张,至今为人类唾骂;而且于实际上发生出什么效验呢?但我有一句话,要劝戊派诸公。"灭绝"这句话,只能吓人,却不能吓倒自然。他是毫无情面:他看见有自向灭绝这条路走的民族,便请他们灭绝,毫不客气。我们自己想活,也希望别人都活;不忍说他人的灭绝,又怕他们自己走到灭绝的路上,把我们带累了也灭绝,所以在此着急。倘使不改现状,反能兴旺,能得真实自由的幸福生活,那就是做野蛮也很好。——但可有人敢答应说"是"么?

---

①"打脸":传统戏曲演员按照"脸谱"勾画花脸。"打把子":传统戏曲中的武打。

②六百零六:即六〇六,亦称洒尔佛散(德文 salvarsan 的音译)、胂凡纳明(英文 arsphenamine 的音译),一种抗梅毒药。六〇六这一名称得自该药试验阶段获得的第六〇六号化合物。

随感录四十八①

中国人对于异族,历来只有两样称呼:一样是禽兽,一样是圣上。从没有称他朋友,说他也同我们一样的。

古书里的弱水②,竟是骗了我们:闻所未闻的外国人到了;交手几回,渐知道"子曰诗云"似乎无用,于是乎要维新。

维新以后,中国富强了,用这学来的新,打出外来的新,关上大门,再来守旧。

可惜维新单是皮毛,关门也不过一梦。外国的新事理,却愈来愈多,愈优胜,"子曰诗云"也愈挤愈苦,愈看愈无用。于是从那两样旧称呼以

---

①本篇最初发表于 1919 年 2 月 15 日《新青年》第六卷第二号,署名俟。

②弱水:我国古书中关于弱水的神话传说很多。如《海内十洲记》说昆仑山"有弱水周回绕匝";弱水"鸿毛不浮,不可越也"。这里说"竟是骗了我们",是说"不可越"的弱水并没有阻挡住外国人的到来。

外,别想了一样新号:"西哲",或曰"西儒"。

他们的称号虽然新了,我们的意见却照旧。因为"西哲"的本领虽然要学,"子曰诗云"也更要昌明。换几句话,便是学了外国本领,保存中国旧习。本领要新,思想要旧。要新本领旧思想的新人物,驼了旧本领旧思想的旧人物,请他发挥多年经验的老本领。一言以蔽之:前几年谓之"中学为体,西学为用",这几年谓之"因时制宜,折衷至当"。

其实世界上决没有这样如意的事。即使一头牛,连生命都牺牲了,尚且祀了孔便不能耕田,吃了肉便不能榨乳。何况一个人先须自己活着,又要驼了前辈先生活着;活着的时候,又须恭听前辈先生的折衷:早上打拱,晚上握手;上午"声光化电"①,下午"子曰诗云"呢?

社会上最迷信鬼神的人,尚且只能在赛会②这一日抬一回神舆。不知那些学"声光化电"的"新进英贤",能否驼着山野隐逸,海滨遗老,折衷一世?

"西哲"易卜生盖以为不能,以为不可。所以借了 Brand③ 的嘴说:"All or nothing!"④

①"声光化电":清末民初时指自欧美传来的自然科学和技术,现不常用。
②赛会:旧时的一种迷信习俗,用仪仗、鼓乐和杂戏迎神出庙,周游街巷,以酬神祈福。
③Brand:勃兰特,易卜生所作诗剧《勃兰特》中的人物。
④"All or nothing!":英文,"拥有一切或者一无所有"。

无 题①

　　私立学校游艺大会②的第二日,我也和几个朋友到中央公园去走一回。

　　我站在门口帖着"昆曲"③两字的房外面,前面是墙壁,而一个人用了全力要从我的背后挤上去,挤得我喘不出气。他似乎以为我是一个没有实质的灵魂了,这不能不说他有一点错。

　　回去要分点心给孩子们,我于是乎到一个制糖公司里去买东西。买的是"黄枚朱古律三文治"。

　　这是盒子上写着的名字,很有些神秘气味了。然而不的,用英文,不

----

①本篇最初发表于1922年4月12日《晨报副刊》,署名鲁迅。
②私立学校游艺大会:指中国实验学校等24所男女学校,于1922年4月8日、9日、10日在北京中央公园举行的游艺大会,旨在解决经费困难。
③昆曲:又称昆剧、昆腔、昆山腔,是中国最古老的剧种之一,也是中国传统文化艺术中的珍品。

过是 Chocolate apricot sandwich①。我买定了八盒这"黄枚朱古律三文治",付过钱,将他们装入衣袋里。不幸而我的眼光忽然横溢了,于是看见那公司的伙计正揸开了五个指头,罩住了我所未买的别的一切"黄枚朱古律三文治"。

这明明是给我的一个侮辱!然而,其实,我可不应该以为这是一个侮辱,因为我不能保证他如不罩住,也可以在纷乱中永远不被偷。也不能证明我决不是一个偷儿,也不能自己保证我在过去现在以至未来决没有偷窃的事。

但我在那时不高兴了,装出虚伪的笑容,拍着这伙计的肩头说:

"不必的,我决不至于多拿一个……"

他说:"那里那里……"赶紧掣回手去,于是惭愧了。这很出我意外,——我预料他一定要强辩,——于是我也惭愧了。

这种惭愧,往往成为我的怀疑人类的头上的一滴冷水,这于我是有损的。

夜间独坐在一间屋子里,离开人们至少也有一丈多远了。吃着分剩的"黄枚朱古律三文治";看几叶②托尔斯泰的书,渐渐觉得我的周围,又远远地包着人类的希望。

四月十二日。

---

①Chocolate apricot sandwich:今译巧克力杏仁夹心面包。
②叶:通"页"。

中国现当代文学
精品廊

夏 三 虫①

　　夏天近了，将有三虫：蚤，蚊，蝇。

　　假如有谁提出一个问题，问我三者之中，最爱什么，而且非爱一个不可，又不准像"青年必读书"那样的缴白卷的。我便只得回答道：跳蚤。

　　跳蚤的来吮血，虽然可恶，而一声不响地就是一口，何等直截爽快。蚊子便不然了，一针叮进皮肤，自然还可以算得有点彻底的，但当未叮之前，要哼哼地发一篇大议论，却使人觉得讨厌。如果所哼的是在说明人血应该给它充饥的理由，那可更其讨厌了，幸而我不懂。

　　野雀野鹿，一落在人手中，总时时刻刻想要逃走。其实，在山林间，上有鹰鹯，下有虎狼，何尝比在人手里安全。为什么当初不逃到人类中来，

---

　　①本篇最初发表于 1925 年 4 月 7 日《京报》附刊《民众文艺周刊》第十六号。

现在却要逃到鹰鹯虎狼间去？或者，鹰鹯虎狼之于它们，正如跳蚤之于我们罢。肚子饿了，抓着就是一口，决不谈道理，弄玄虚。被吃者也无须在被吃之前，先承认自己之理应被吃，心悦诚服，誓死不二①。人类，可是也颇擅长于哼哼的了，害中取小，它们的避之惟恐不速，正是绝顶聪明。

苍蝇嗡嗡地闹了大半天，停下来也不过舐一点油汗，倘有伤痕或疮疖，自然更占一些便宜；无论怎么好的，美的，干净的东西，又总喜欢一律拉上一点蝇矢②。但因为只舐一点油汗，只添一点腌臜，在麻木的人们还没有切肤之痛③，所以也就将它放过了。中国人还不很知道它能够传播病菌，捕蝇运动大概不见得兴盛。它们的运命是长久的；还要更繁殖。

但它在好的，美的，干净的东西上拉了蝇矢之后，似乎还不至于欣欣然反过来嘲笑这东西的不洁：总要算还有一点道德的。

古今君子，每以禽兽斥人，殊不知便是昆虫，值得师法的地方也多着哪。

一九二五年四月四日。

----

①誓死不二：誓死，立下志愿，至死不变。至死也不变心。
②蝇矢：苍蝇屎。
③切肤之痛：切肤，切身，亲身，与自身关系极密切。亲身经受的痛苦。比喻感受深切。

北京通信①

蕴儒,培良②两兄:

　　昨天收到两份《豫报》③,使我非常快活,尤其是见了那《副刊》。因为它那蓬勃的朝气,实在是在我先前的豫④想以上。

　　你想:从有着很古的历史的中州⑤,传来了青年的声音,仿佛在豫告这古国将要复活,这是一件如何可喜的事呢?

　　倘使我有这力量,我自然极愿意有所贡献于河南的青年。但不幸我竟力不从心,因为我自己也正站在歧路上,——或者,说得较有希望些:站

---

　　①本篇发表于1925年5月开封《豫报副刊》。
　　②蕴儒,培良:河南人,系鲁迅在北京世界语专门学校任教时的学生;培良,即向培良,狂飙社主要成员。
　　③《豫报》:1925年5月4日创刊,河南开封出版的日报。
　　④"豫":在这里作"预"讲,表示事先,提前的意思。下文类似用法同,不再另注。
　　⑤中州:上古时代我国分为九州,河南是古代豫州的地方,位于九州中央,所以又称中州。

在十字路口。站在歧路上是几乎难于举足,站在十字路口,是可走的道路很多。我自己,是什么也不怕的,生命是我自己的东西,所以我不妨大步走去,向着我自以为可以走去的路;即使前面是深渊,荆棘,狭谷,火坑,都由我自己负责。然而向青年说话可就难了,如果盲人瞎马,引入危途,我就该得谋杀许多人命的罪孽。

所以,我终于还不想劝青年一同走我所走的路;我们的年龄,境遇,都不相同,思想的归宿大概总不能一致的罢。但倘若一定要问我青年应当向怎样的目标,那么,我只可以说出我为别人设计的话,就是:一要生存,二要温饱,三要发展。有敢来阻碍这三事者,无论是谁,我们都反抗他,扑灭他!

可是还得附加几句话以免误解,就是:我之所谓生存,并不是苟活;所谓温饱,并不是奢侈;所谓发展,也不是放纵。

中国古来,一向是最注重于生存的,什么"知命者不立于岩墙之下"①咧,什么"千金之子坐不垂堂"②咧,什么"身体发肤受之父母不敢毁伤"③咧,竟有父母愿意儿子吸鸦片的,一吸,他就不至于到外面去,有倾家荡产之虞了。可是这一流人家,家业也决不能长保,因为这是苟活。苟活就是活不下去的初步,所以到后来,他就活不下去了。意图生存,而太卑怯,结果就得死亡。以中国古训中教人苟活的格言如此之多,而中国人偏多死亡,外族偏多侵入,结果适得其反,可见我们蔑弃古训,是刻不容缓的了。这实在是无可奈何,因为我们要生活,而且不是苟活的缘故。

①"知命者不立于岩墙之下":语出《孟子·尽心上》。意为,懂天命的人不站在危墙之下。
②"千金之子坐不垂堂":语出《史记·袁盎传》,意为有钱之人不宜坐在屋檐下(避免为坠瓦所击)。
③"身体发肤受之父母不敢毁伤":语见《孝经·开宗明义章》。

中国人虽然想了各种苟活的理想乡，可惜终于没有实现。但我却替他们发现了，你们大概知道的罢，就是北京的第一监狱。这监狱在宣武门外的空地里，不怕邻家的火灾；每日两餐，不虑冻馁；起居有定，不会伤生；构造坚固，不会倒塌；禁卒管着，不会再犯罪；强盗是决不会来抢的。住在里面，何等安全，真真是"千金之子坐不垂堂"了。但阙少的就有一件事：自由。

古训所教的就是这样的生活法，教人不要动。不动，失错当然就较少了，但不活的岩石泥沙，失错不是更少么？我以为人类为向上，即发展起见，应该活动，活动而有若干失错，也不要紧。惟独半死半生的苟活，是全盘失错的。因为他挂了生活的招牌，其实却引人到死路上去！

我想，我们总得将青年从牢狱里引出来，路上的危险，当然是有的，但这是求生的偶然的危险，无从逃避。想逃避，就须度那古人所希求的第一监狱式生活了，可是真在第一监狱里的犯人，都想早些释放，虽然外面并不比狱里安全。

北京暖和起来了；我的院子里种了几株丁香，活了；还有两株榆叶梅，至今还未发芽，不知道他是否活着。

昨天闹了一个小乱子①，许多学生被打伤了；听说还有死的，我不知道确否。其实，只要听他们开会，结果不过是开会而已，因为加了强力的迫压，遂闹出开会以上的事来。俄国的革命，不就是从这样的路径出发的么？

夜深了，就此搁笔，后来再谈罢。

鲁迅。五月八日夜。

---

①小乱子：指1925年5月7日，北京学生为纪念国耻举行的集会遭压迫一事。

补　白①

一

"公理战胜"的牌坊②，立在法国巴黎的公园里不知怎样，立在中国北京的中央公园里可实在有些希奇，——但这是现在的话。当时，市民和学生也曾游行欢呼过。

我们那时的所以入战胜之林者，因为曾经送去过很多的工人；大家也常常自夸工人在欧战的劳绩。现在不大有人提起了，战胜也忘却了，而且实际上是战败了③。

----

①本篇分三次发表于 1925 年 6 月、7 月的《莽原》周刊。后收入《鲁迅全集·华盖集》。

②"公理战胜"的牌坊：1918 年第一次世界大战结束之后，战胜国都立碑纪念，中国北洋政府因曾参加协约国一方，所以也在北京中央公园（即今中山公园）建立了"公理战胜"的牌坊（1953 年已将"公理战胜"四字改为"保卫和平"）。

③战败了：是就巴黎和会侵犯我国主权这一情况而说的。第一次世界大战后，1919 年 1 月至 6 月，英、法、美等帝国主义无视中国的主权和"战胜国"地位，操纵巴黎和会，非法决定让日本帝国主义继承战前德国在山东的特权；五四运动的爆发，迫使当时中国代表团拒绝在和约上签字。

现在的强弱之分固然在有无枪炮,但尤其是在拿枪炮的人。假使这国民是卑怯的,即纵有枪炮,也只能杀戮无枪炮者,倘敌手也有,胜败便在不可知之数了。这时候才见真强弱。

我们弓箭是能自己制造的,然而败于金,败于元,败于清。记得宋人的一部杂记里记有市井间的谐谑,将金人和宋人的事物来比较。譬如问金人有箭,宋有什么? 则答道,"有锁子甲"。又问金有四太子,宋有何人? 则答道,"有岳少保"。临末问,金人有狼牙棒(打人脑袋的武器),宋有什么? 却答道,"有天灵盖①"!

自宋以来,我们终于只有天灵盖而已,现在又发现了一种"民气",更加玄虚飘渺了。

但不以实力为根本的民气,结果也只能以固有而不假外求的天灵盖自豪,也就是以自暴自弃当作得胜。我近来也颇觉"心上有杞天之虑②",怕中国更要复古了。瓜皮帽,长衫,双梁鞋,打拱作揖,大红名片,水烟筒,或者都要成为爱国的标征,因为这些都可以不费力气而拿出来,和天灵盖不相上下的。(但大红名片也许不用,以避"赤化"之嫌。)

然而我并不说中国人顽固,因为我相信,鸦片和扑克是不会在排斥之列的。况且爱国之士不是已经说过,马将牌已在西洋盛行,给我们复了仇么?

爱国之士又说,中国人是爱和平的。但我殊不解既爱和平,何以国内连年打仗? 或者这话应该修正:中国人对外国人是爱和平的。

我们仔细查察自己,不再说诳的时候应该到来了,一到不再自欺欺人

---

①有天灵盖:关于"天灵盖"的谐谑,见宋代张知甫的《可书》:"金人自侵中国,惟以敲棒击人脑而毙。绍兴间有伶人作杂戏云:'若要胜其金人,须是我中国一件件相敌乃可。且如金国有粘罕,我国有韩少保;金国有柳叶枪,我国有凤凰弓;金国有凿子箭,我国有锁子甲;金国有敲棒,我国有天灵盖。'人皆笑之。"粘罕,即完颜宗翰,金军统帅;韩少保,即韩世忠,南宋抗金名将。鲁迅文中说的"四太子"是金太祖的第四子完颜宗弼,本名兀术;岳少保即岳飞。

②杨荫榆在《对于暴烈学生之感言》中的话。

的时候,也就是到了看见希望的萌芽的时候。

我不以为自承无力,是比自夸爱和平更其耻辱。

六月二十三日。

二

先前以"士人""上等人"自居的,现在大可以改称"平民"了罢;在实际上,也确有许多人已经如此。彼一时,此一时,清朝该去考秀才,捐监生①,现在就只得进学校。"平民"这一个徽号现已日见其时式,地位也高起来了,以此自居,大概总可以从别人得到和先前对于"上等人"一样的尊敬,时势虽然变迁,老地位是不会失掉的。倘遇见这样的平民,必须恭维他,至少也得点头拱手陪笑唯诺,像先前下等人的对于贵人一般。否则,你就会得到罪名,曰:"骄傲",或"贵族的"。因为他已经是平民了。见平民而不格外趋奉,非骄傲而何?

清的末年,社会上大抵恶革命党如蛇蝎,南京政府②一成立,漂亮的士绅和商人看见似乎革命党的人,便亲密地说道:"我们本来都是'草字头③',一路的呵。"

徐锡麟④刺杀恩铭之后,大捕党人,陶成章⑤君是其中之一,罪状曰:"著《中国权力史》,学日本催眠术。"(何以学催眠术就有罪,殊觉费解。)于是连他在家的父亲也大受痛苦;待到革命兴旺,这才被尊称为"老太爷";

---

①考秀才,捐监生:秀才按明、清科举制度,童生经过县考初试,府考复试,再参加学政主持的院考(道考),考取的就是秀才。监生,国子监生员,国子监是封建时期中央最高学府。

②南京政府:指1912年1月1日在南京成立的中华民国临时政府。

③草字头:隐语,因"革"字的起头与"草"相似,故称革命党为"草字头"。

④徐锡麟(1873—1907):字伯荪,浙江绍兴人,清末革命团体光复会的重要成员。1907年,与秋瑾准备在浙皖两省同时起义,7月6日,他以安徽巡警处会办兼巡警学堂监督身份为掩护,乘学堂举行毕业典礼之机,刺死安徽巡抚恩铭,率领学生攻占军械局,弹尽被捕,当日惨遭杀害。

⑤陶成章:清末革命家,光复会领袖之一。

有人给"孙少爷"去说媒。可惜陶君不久就遭人暗杀了，神主入祠的时候，捧香恭送的士绅和商人尚有五六百。直到袁世凯打倒二次革命①之后，这才冷落起来。

谁说中国人不善于改变呢？每一新的事物进来，起初虽然排斥，但看到有些可靠，就自然会改变。不过并非将自己变得合于新事物，乃是将新事物变得合于自己而已。

佛教初来时便大被排斥，一到理学先生谈禅，和尚做诗的时候，"三教同源②"的机运就成熟了。听说现在悟善社③里的神主已经有了五块：孔子，老子，释迦牟尼，耶稣基督，谟哈默德④。

中国老例，凡要排斥异己的时候，常给对手起一个诨名，——或谓之"绰号"。这也是明清以来讼师的老手段；假如要控告张三李四，倘只说姓名，本很平常，现在却道"六臂太岁张三"，"白额虎李四"，则先不问事迹，县官只见绰号，就觉得他们是恶棍了。

月球只一面对着太阳，那一面我们永远不得见。歌颂中国文明的也惟以光明的示人，隐匿了黑的一面。譬如说到家族亲旧，书上就有许多好看的形容词：慈呀，爱呀，悌呀，……又有许多好看的古典：五世同堂呀，礼门呀，义宗⑤呀，……至于诨名，却藏在活人的心中，隐僻的书上。最简单的打官司教科书《萧曹遗笔》⑥里就有着不少惯用的恶谥，现在抄一点在

①二次革命：指1913年7月孙中山发动的讨伐袁世凯的战争。

②三教同源："三教"指儒、释、道。

③悟善社：一种封建迷信的组织。

④孔子（前551—前479）：名丘，字仲尼，儒家创始人。老子：即老聃，姓李名耳，道家创始人。释迦牟尼（约前565—前486）：佛教创始人。耶稣基督（约前4—30）：基督教创始人。基督，即救世主。谟哈默德（约570—632）：通译穆罕默德，伊斯兰教创始人。

⑤五世同堂：即五代同居。礼门、义宗：即所谓笃守礼义的门庭和宗族。在封建社会里，这些都被认为是可称颂的事情。

⑥《萧曹遗笔》：清代竹林浪叟辑，共四卷。一种供讼师写状纸用的参考书，假托是汉代萧何、曹参的著作。

这里，省得自己做文章——

亲戚类

　　孽亲　枭亲　兽亲　鳄亲　虎亲　歪亲

尊长类

　　鳄伯　虎伯（叔同）　孽兄　毒兄　虎兄

卑幼类

　　悖男　恶侄　孽侄　悖孙　虎孙　枭甥

　　孽甥　悖妾　泼媳　枭弟　恶婿　凶奴

其中没有父母，那是例不能控告的，因为历朝大抵"以孝治天下"①。

　　这一种手段也不独讼师有。民国元年章太炎②先生在北京，好发议论，而且毫无顾忌地褒贬。常常被贬的一群人于是给他起了一个绰号，曰"章疯子"。其人既是疯子，议论当然是疯话，没有价值的了，但每有言论，也仍在他们的报章上登出来，不过题目特别，道：《章疯子大发其疯》。有一回，他可是骂到他们的反对党头上去了。那怎么办呢？第二天报上登出来的时候，那题目是：《章疯子居然不疯》。

　　往日看《鬼谷子》③，觉得其中的谋略也没有什么出奇，独有《飞箝》中的"可箝而从，可箝而横，……可引而反，可引而覆。虽覆能复，不失其度"这一段里的一句"虽覆能复"很有些可怕。但这一种手段，我们在社会上

①"以孝治天下"：语见《孝经·孝治章》："昔者明王以孝治天下也……得万国之欢心，以事其先王。"
②章太炎（1869—1936）：名炳麟，号太炎，浙江余杭人，清末革命家和学者。他因为鼓吹并实际参加反对清政府的革命活动，曾被反动派毁谤为疯癫。辛亥革命后，他也常有反对袁世凯等军阀黑暗统治的言论，因此又曾被反动派毁谤为"章疯子"。
③《鬼谷子》：相传为战国时鬼谷子所著，实为后人伪托，共三卷。《飞箝》是其中的一篇。据南朝梁陶弘景注："'飞'谓作声誉以飞扬之，'箝'谓牵持缄束，令不得脱也；言取人之道，先作声誉以飞扬之，彼必露情竭志而无隐，然后因有所好，牵持缄束，不得转移。""虽覆能复"，据陶弘景注："虽有覆败，必能复振，不失其节度，此箝之终也。"

是时常遇见的。

《鬼谷子》自然是伪书，决非苏秦，张仪的老师①所作；但作者也决不是"小人"，倒是一个老实人。宋的来鹄②已经说，"掉阖飞箝，今之常态，不读鬼谷子书者，皆得自然符契也。"人们常用，不以为奇，作者知道了一点，便笔之于书，当作秘诀，可见禀性纯厚，不但手段，便是心里的机诈也并不多。如果是大富翁，他肯将十元钞票嵌在镜屏里当宝贝么？

鬼谷子所以究竟不是阴谋家，否则，他还该说得吞吞吐吐些；或者自己不说，而钩出别人来说；或者并不必钩出别人来说，而自己永远阔不可言。这末后的妙法，知者不言，书上也未见，所以我不知道，倘若知道，就不至于老在灯下编《莽原》，做《补白》了。

但各种小纵横，我们总常要身受，或者目睹。夏天的忽而甲乙相打；忽而甲乙相亲，同去打丙；忽而甲丙相合，又同去打乙，忽而甲丙又互打起来，就都是这"覆""复"作用；化数百元钱，请一回酒，许多人立刻变了色彩，也还是这玩意儿。然而真如来鹄所说，现在的人们是已经"是乃天授，非人力也"③的；倘使要看了《鬼谷子》才能，就如拿着文法书去和外国人谈天一样，一定要碰壁。

七月一日。

①据《史记》的《苏秦列传》和《张仪列传》说，他们两人"俱事鬼谷子先生学术"。
②来鹄：据《全唐文》卷八百十一《来鹄》条："鹄，豫章人，咸通（按为唐懿宗年号）举进士不第。"
③汉代韩信称颂刘邦的话。见《史记·淮阴侯传》："且陛下所谓天授，非人力也。"

三

离五卅事件的发生已有四十天,北京的情形就像五月二十九日一样。聪明的批评家大概快要提出照例的"五分钟热度"①说来了罢,虽然也有过例外:曾将汤尔和②先生的大门"打得擂鼓一般,足有十五分钟之久"。(见六月二十三日《晨报》)有些学生们也常常引这"五分热"说自诫,仿佛早经觉到了似的。

但是,中国的老先生们——连二十岁上下的老先生们都算在内——不知怎的总有一种矛盾的意见,就是将女人孩子看得太低,同时又看得太高。妇孺是上不了场面的;然而一面又拜才女,捧神童,甚至于还想借此结识一个阔亲家,使自己也连类飞黄腾达。什么木兰从军,缇萦救父③,更其津津乐道,以显示自己倒是一个死不挣气的瘟虫。对于学生也是一样,既要他们"莫谈国事",又要他们独退番兵,退不了,就冷笑他们无用。

倘在教育普及的国度里,国民十之九是学生;但在中国,自然还是一个特别种类。虽是特别种类,却究竟是"束发小生"④,所以当然不会有三头六臂的大神力。他们所能做的,也无非是演讲,游行,宣传之类,正如火

①"五分钟热度":见梁启超在 1925 年 5 月 7 日《晨报》发表的《第十度的"五七"》一文:"我不怕说一句犯众怒的话:'国耻纪念'这个名词,不过靠'义和团式'的爱国心而存在罢了! 义和团式的爱国本质好不好另属一问题。但它的功用之表现,当然是靠'五分钟热度',这种无理性的冲动能有持续性,我绝对不敢相信。"

②汤尔和(1878—1940):浙江杭县(今余杭)人。曾任北洋政府的教育总长,抗日战争期间堕落为汉奸。关于五卅事件,他在《晨报》的"时论"栏发表《不善导的忠告》一文,其中充满诬蔑群众,取媚于英、日帝国主义的胡说;这里所引的侮辱爱国学生的话也见于该文:"前天某学校以跳舞会的名义来募捐,我家的佣工,告诉他说是捐的次数太多了,家里没有钱。来人说你们主人做过什么长,还会没钱吗? 把大门打得擂鼓一般,足有十五分钟之久,再三央告,始怫然而去。"

③木兰从军:父亲年迈,木兰代父出征,故事见叙事诗《木兰诗》。缇萦救父:父亲犯罪,缇萦上书代父赎罪,故事见《史记·仓公传》。

④"束发小生":语出章士钊,他反对学生纪念"五七"国耻;含有轻视之意,近似"毛头小子"。

花一样，在民众的心头点火，引起他们的光焰来，使国势有一点转机。倘若民众并没有可燃性，则火花只能将自身烧完，正如在马路上焚纸人轿马，暂时引得几个人闲看，而终于毫不相干，那热闹至多也不过如"打门"之久。谁也不动，难道"小生"们真能自己来打枪铸炮，造兵舰，糊飞机，活擒番将，平定番邦么？所以这"五分热"是地方病，不是学生病。这已不是学生的耻辱，而是全国民的耻辱了；倘在别的有活力，有生气的国度里，现象该不至于如此的。外人不足责，而本国的别的灰冷的民众，有权者，袖手旁观者，也都于事后来嘲笑，实在是无耻而且昏庸！

但是，别有所图的聪明人又作别论，便是真诚的学生们，我以为自身却有一个颇大的错误，就是正如旁观者所希望或冷笑的一样：开首太自以为有非常的神力，有如意的成功。幻想飞得太高，堕在现实上的时候，伤就格外沉重了；力气用得太骤，歇下来的时候，身体就难于动弹了。为一般计，或者不如知道自己所有的不过是"人力"，倒较为切实可靠罢。

现在，从读书以至"寻异性朋友讲情话"，似乎都为有些有志者所诟病了。但我想，责人太严，也正是"五分热"的一个病源。譬如自己要择定一种口号——例如不买英日货——来履行，与其不饮不食地履行七日或痛哭流涕地履行一月，倒不如也看书也履行至五年，或者也看戏也履行至十年，或者也寻异性朋友也履行至五十年，或者也讲情话也履行至一百年。记得韩非子曾经教人以竞马的要妙，其一是"不耻最后"。即使慢，驰而不息，纵令落后，纵令失败，但一定可以达到他所向的目标。

七月八日。

十四年的“读经”①

　　自从章士钊主张读经②以来,论坛上又很出现了一些论议,如谓经不必尊,读经乃是开倒车之类。我以为这都是多事的,因为民国十四年的“读经”,也如民国前四年,四年,或将来的二十四年一样,主张者的意思,大抵并不如反对者所想象的那么一回事。

　　尊孔,崇儒,专经,复古,由来已经很久了。皇帝和大臣们,向来总要取其一端,或者“以孝治天下”,或者“以忠诏天下”,而且又“以贞节励天下”。但是,二十四史不现在么? 其中有多少孝子,忠臣,节妇和烈女? 自然,或者是多到历史上装不下去了;那么,去翻专夸本地人物的府县志

---

　　①本篇最初发表于 1925 年 11 月 27 日《猛进》周刊第 39 期。十四年,指民国十四年,即 1925 年。
　　②章士钊主张读经:1925 年 11 月 2 日由章士钊主持的教育部部务会议议决,小学自初小四年级起开始读经,每周一小时,至高小毕业止。

书①去。我可以说，可惜男的孝子和忠臣也不多的，只有节烈的妇女的名册却大抵有一大卷以至几卷。孔子之徒的经，真不知读到那里去了；倒是不识字的妇女们能实践。还有，欧战时候的参战，我们不是常常自负的么？但可曾用《论语》感化过德国兵，用《易经》咒翻了潜水艇呢？② 儒者们引为劳绩的，倒是那大抵目不识丁的华工③！

所以要中国好，或者倒不如不识字罢，一识字，就有近乎读经的病根了。"瞰亡往拜""出疆载质"④的最巧玩艺儿，经上都有，我读熟过的。只有几个胡涂透顶的笨牛，真会诚心诚意地来主张读经。而且这样的角色，也不消和他们讨论。他们虽说什么经，什么古，实在不过是空嚷嚷。问他们经可是要读到像颜回，子思，孟轲，朱熹，秦桧（他是状元），王守仁，徐世昌，曹锟⑤；古可是要复到像清（即所谓"本朝"），元，金，唐，汉，禹汤文武周公⑥，无怀氏，葛天氏⑦？他们其实都没有定见。他们也知不清颜回以至曹锟为人怎样，"本朝"以至葛天氏情形如何；不过像苍蝇们失掉了垃圾堆，自不免嗡嗡地叫。况且既然是诚心诚意主张读经的笨牛，则决无钻

①府县志书：记载一府、一县的历史沿革及其政治、经济、地理、文化、风俗、

②《论语》是记录孔丘言行的书；《易经》即《周易》，大约产生于殷周时代，是古代记载占卜的书。旧时一部分读书人认为经书有驱邪却敌的神力，所以这里如此说。

③华工：指在第一次世界大战期间，被派去参加协约国对同盟国作战的中国工人。参看本书《补白》第一节。

④"瞰亡往拜"：见《论语·阳货》："阳货欲见孔子，孔子不见，归孔子豚，孔子时其亡也，而往拜之。"意思是孔丘不愿见阳货，便有意乘阳货不在的时候去拜望他。"出疆载质"见《孟子·滕文公》："孔子三月无君，则皇皇如也；出疆必载质。"意思是孔丘如果三个月没有君主任用他，他就焦急不安，一定要带了礼物出国（去见别国的君主）。

⑤颜回（前521—前490）：孔子的弟子。子思（约前483—前402）：孔子的孙子。孟轲（约前372—前289）：战国中期儒家主要代表。朱熹（1130—1200）：宋代理学家。王守仁（1472—1528）：明代理学家。徐世昌（1855—1939）：清末的大官僚。曹锟（1862—1938）：北洋直系军阀。徐、曹又都曾任北洋政府的总统。

⑥禹：夏朝的建立者。汤：商代的第一个君主。文：即周文王，商末周族领袖。武：即周武王，周代的第一个君主。周公：武王的弟弟，成王时曾由他摄政。

⑦无怀氏，葛天氏：都是传说中我国上古时代的帝王。

营,取巧,献媚的手段可知,一定不会阔气;他的主张,自然也决不会发生什么效力的。

至于现在的能以他的主张,引起若干议论的,则大概是阔人。阔人决不是笨牛,否则,他早已伏处牖(yǒu)下,老死田间了。现在岂不是正值"人心不古"的时候么?则其所以得阔之道,居然可知。他们的主张,其实并非那些笨牛一般的真主张,是所谓别有用意;反对者们以为他真相信读经可以救国①,真是"谬以千里"了!

我总相信现在的阔人都是聪明人;反过来说,就是倘使老实,必不能阔是也。至于所挂的招牌是佛学,是孔道,那倒没有什么关系。总而言之,是读经已经读过了,很悟到一点玩意儿,这种玩意儿,是孔二先生的先生老聃的大著作②里就有的,此后的书本子里还随时可得。所以他们都比不识字的节妇,烈女,华工聪明;甚而至于比真要读经的笨牛还聪明。何也?曰:"学而优则仕"③故也。倘若"学"而不"优",则以笨牛没世,其读经的主张,也不为世间所知。

孔子岂不是"圣之时者也"么,而况"之徒"呢?现在是主张"读经"的时候了。武则天④做皇帝,谁敢说"男尊女卑"?多数主义⑤虽然现称过激

①读经可以救国:这是章士钊等人的一种谬论。《甲寅》周刊第一卷第九号(1925年9月12日)发表章士钊和孙师郑关于"读经救国"的通信,孙说:"拙著读经救国论。与先生政见。乃多暗合";章则赞赏说:"读经救国论。略诵一过。取材甚为精当。比附说明。应有尽有。不图今世。犹见斯文。"

②孔二先生:孔丘字仲尼,即表明排行第二。据《孔子家语·本姓解》,孔丘有兄名孟皮。老聃:即老子,相传孔丘曾向他问礼,所以后来有人说他是孔丘的先生。大著作:指他所著《道德经》(即《老子》),是道家的主要经典,其中有"将欲歙之,必固张之;将欲弱之,必固强之;将欲废之,必固兴之;将欲夺之,必固与之"一类的话,旧时有人认为老子崇尚阴谋权术。

③"学而优则仕"语见《论语·子张》。意指,学习有余力就可以去做官了。

④武则天(624—705):并州文水(今山西文水)人,唐高宗(李治)的皇后。高宗死后,她自立为皇帝,改国号曰周,退位后称"则天大圣皇帝"。

⑤多数主义:指布尔什维克主义。布尔什维克,俄语"UELMVSTPO"的音译,意即多数派。

派,如果在列宁治下,则共产之合于葛天氏,一定可以考据出来的。但幸而现在英国和日本的力量还不弱,所以,主张亲俄者,是被卢布换去了良心①。

我看不见读经之徒的良心怎样,但我觉得他们大抵是聪明人,而这聪明,就是从读经和古文得来的。我们这曾经文明过而后来奉迎过蒙古人满洲人大驾了的国度里,古书实在太多,倘不是笨牛,读一点就可以知道,怎样敷衍,偷生,献媚,弄权,自私,然而能够假借大义,窃取美名。再进一步,并可以悟出中国人是健忘的,无论怎样言行不符,名实不副,前后矛盾,撒谎造谣,蝇营狗苟,都不要紧,经过若干时候,自然被忘得干干净净;只要留下一点卫道模样的文字,将来仍不失为"正人君子"。况且即使将来没有"正人君子"之称,于目下的实利又何损哉?

这一类的主张读经者,是明知道读经不足以救国的,也不希望人们都读成他自己那样的;但是,耍些把戏,将人们作笨牛看则有之,"读经"不过是这一回耍把戏偶尔用到的工具。抗议的诸公倘若不明乎此,还要正经老实地来评道理,谈利害,那我可不再客气,也要将你们归入诚心诚意主张读经的笨牛类里去了。

以这样文不对题的话来解释"俨乎其然"的主张,我自己也知道有不恭之嫌,然而我又自信我的话,因为我也是从"读经"得来的。我几乎读过十三经②。

衰老的国度大概就免不了这类现象。这正如人体一样,年事老了,废

------

① 当时的报刊上常刊有反苏反共的文章,如 1925 年 10 月 8 日《晨报副刊》刊登的《苏俄究竟是不是我们的朋友?》一文竟说:"帝国主义的国家仅仅吸取我们的资财,桎梏我们的手足,苏俄竟然收买我们的良心,腐蚀我们的灵魂。"

② 十三经:指十三部儒家经典,即《诗》《书》《易》《周礼》《礼记》《仪礼》《公羊传》《榖梁传》《左传》《孝经》《论语》《尔雅》和《孟子》。

料愈积愈多,组织间又沉积下矿质,使组织变硬,易就于灭亡。一面,则原是养卫人体的游走细胞(Wanderzelle)渐次变性,只顾自己,只要组织间有小洞,它便钻,蚕食各组织,使组织耗损,易就于灭亡。俄国有名的医学者梅契尼珂夫(Elias Metschnikov)①特地给他别立了一个名目:大嚼细胞(Fresserzelle)。据说,必须扑灭了这些,人体才免于老衰;要扑灭这些,则须每日服用一种酸性剂。他自己就实行着。

古国的灭亡,就因为大部分的组织被太多的古习惯教养得硬化了,不再能够转移,来适应新环境。若干分子又被太多的坏经验教养得聪明了,于是变性,知道在硬化的社会里,不妨妄行。单是妄行的是可与论议的,故意妄行的却无须再与谈理。惟一的疗救,是在另开药方:酸性剂,或者简直是强酸剂。

不提防临末又提到了一个俄国人,怕又有人要疑心我收到卢布了罢。我现在郑重声明:我没有收过一张纸卢布。因为俄国还未赤化之前,他已经死掉了,是生了别的急病,和他那正在实验的药的有效与否这问题无干。

十一月十八日。

---

①梅契尼珂夫(Elias Metschnikov):俄国生物学家,免疫学的创始人之一。

这个与那个①

一　读经与读史

　　一个阔人②说要读经，嗡的一阵一群狭人也说要读经。岂但"读"而已矣哉，据说还可以"救国"哩。"学而时习之，不亦说乎?"③那也许是确凿的罢，然而甲午战败了，——为什么独独要说"甲午"呢，是因为其时还在开学校，废读经④以前。

　　我以为伏案还未功深的朋友，现在正不必埋头来哼线装书。倘其咿唔日久，对于旧书有些上瘾了，那么，倒不如去读史，尤其是宋朝明朝史，而且尤须是野史;或者看杂说。

---

　　①本篇最初分三次发表于 1925 年 12 月 10 日、12 日、22 日北京《国民新报副刊》。
　　②一个阔人:指章士钊,他在《甲寅》周刊撰文倡导"读经救国"。
　　③"学而时习之,不亦说乎":语见《论语·学而》。"说"同"悦"。
　　④开学校,废读经:清政府在 1894 年(光绪二十年,甲午)中日战争中战败后,不久就采取了一些改良主义的办法。戊戌变法(1898)期间,光绪帝于 7 月 6 日下诏普遍设立中小学,改书院为学堂;6 月 20 日曾诏令在科举考试中废止八股,"向用四书文者,一律改试策论"。

《这个与那个》

《记念刘和珍君》

现在中西的学者们,几乎一听到"钦定四库全书"①这名目就魂不附体,膝弯总要软下来似的。其实呢,书的原式是改变了,错字是加添了,甚至于连文章都删改了,最便当的是《琳琅秘室丛书》②中的两种《茅亭客话》③,一是宋本,一是四库本,一比较就知道。"官修"而加以"钦定"的正史也一样,不但本纪咧,列传咧,要摆"史架子";里面也不敢说什么。据说,字里行间是也含着什么褒贬的,但谁有这么多的心眼儿来猜闷壶卢("壶卢",即现在的"葫芦")。至今还道"将平生事迹宣付国史馆立传",还是算了罢。

野史和杂说自然也免不了有讹传,挟恩怨,但看往事却可以较分明,因为它究竟不像正史那样地装腔作势。看宋事,《三朝北盟汇编》④已经变成古董,太贵了,新排印的《宋人说部丛书》⑤却还便宜。明事呢,《野获编》⑥原也好,但也化为古董了,每部数十元;易于入手的是《明季南北略》⑦,《明季稗史汇编》⑧,以及新近集印的《痛史》⑨。

史书本来是过去的陈帐簿,和急进的猛士不相干。但先前说过,倘若还不能忘情于咿唔,倒也可以翻翻,知道我们现在的情形,和那时的何其

①清代乾隆三十八年(1773)设四库全书馆,将所选录书籍共三千五百零三种,分经、史、子、集四部,即所谓"钦定四库全书"。

②《琳琅秘室丛书》:清代胡珽校刊,共五集,计三十六种。所收主要是掌故、说部、释道方面的书。

③《茅亭客话》:宋代黄休复所撰,共十卷;记录从五代到宋代真宗时的蜀中杂事。

④《三朝北盟汇编》:宋代徐梦莘编,共二百五十卷。书中汇辑从宋徽宗政和七年(1117)到高宗绍兴三十一年(1161)间宋、金和战的史料。

⑤《宋人说部丛书》:指商务印书馆印行的"宋人说部书"(都是笔记小说),夏敬观编校,共出二十余种。

⑥《野获编》:即《万历野获编》,明代沈德符著,三十卷,补遗四卷。记载明代开国至神宗万历间的典章制度和街谈巷语。

⑦《明季南北略》:指《明季北略》和《明季南略》。清代计六奇著。《北略》二十四卷,记载万历四十四年(1616)至崇祯十七年(1644)间事;《南略》十八卷,与《北略》相衔接,记至清康熙元年(1662)南明永历帝被害止。

⑧《明季稗史汇编》:清代留云居士辑,共二十七卷,汇刊稗史十六种。各书所记都是明末的遗事。有都城留云居排印本。

⑨《痛史》:乐天居士编,共三集。辛亥革命后由上海商务印书馆汇印,收明末清初野史二十余种。

神似,而现在的昏妄举动,胡涂思想,那时也早已有过,并且都闹糟了。

试到中央公园去,大概总可以遇见祖母带着她孙女儿在玩的。这位祖母的模样,就预示着那娃儿的将来。所以倘有谁要预知令夫人后日的丰姿,也只要看丈母。不同是当然要有些不同的,但总归相去不远。我们查帐的用处就在此。

但我并不说古来如此,现在遂无可为,劝人们对于"过去"生敬畏心,以为它已经铸定了我们的运命。Le·Bon①先生说,死人之力比生人大,诚然也有一理的,然而人类究竟进化着。又据章士钊总长说,则美国的什么地方已在禁讲进化论②了,这实在是吓死我也,然而禁只管禁,进却总要进的。

总之:读史,就愈可以觉悟中国改革之不可缓了。虽是国民性,要改革也得改革,否则,杂史杂说上所写的就是前车。一改革,就无须怕孙女儿总要像点祖母那些事,譬如祖母的脚是三角形,步履维艰的,小姑娘的却是天足,能飞跑;丈母老太太出过天花,脸上有些缺点的,令夫人却种的是牛痘,所以细皮白肉:这也就大差其远了。

十二月八日。

二　捧与挖

中国的人们,遇见带有会使自己不安的朕兆的人物,向来就用两样

---

①Le·Bon:勒朋(1841—1931),法国社会心理学家。也译作勒旁他在《民族进化的心理定律》一书中说:"欲了解种族之真义必将之同时伸长于过去与将来,死者较之生者是无限的更众多,也是较之他们更强有力。"(张公表译,商务印书馆版)参看《热风·随感录三十八》。

②章士钊在《甲寅》周刊第一卷第十七号的《再疏解辊义》中说:"田芮西州 Ten—nessee。尊崇耶教较笃者也。曾于州宪订明。凡学校教科书。理与圣经相梧。应行禁制。州有市曰蝶塘(Dayton)。其小学校中。有教员曰师科布(John·Thomas·Scopes)以进化论授于徒。州政府大怒。谓其既违教义。复触宪纲。因名捕师氏。下法官按问其罪。"后来因"念其文士。罚镪百元"。

法：将他压下去，或者将他捧起来。

压下去就用旧习惯和旧道德，或者凭官力，所以孤独的精神的战士，虽然为民众战斗，却往往反为这"所为"而灭亡。到这样，他们这才安心了。压不下时，则于是乎捧，以为抬之使高，餍之使足，便可以于己稍稍无害，得以安心。

伶俐的人们，自然也有谋利而捧的，如捧阔老，捧戏子，捧总长之类；但在一般粗人，——就是未尝"读经"的，则凡有捧的行为的"动机"，大概是不过想免害。即以所奉祀的神道而论，也大抵是凶恶的，火神瘟神不待言，连财神也是蛇呀刺猬呀似的骇人的畜类；观音菩萨倒还可爱，然而那是从印度输入的，并非我们的"国粹"。要而言之：凡有被捧者，十之九不是好东西。

既然十之九不是好东西，则被捧而后，那结果便自然和捧者的希望适得其反了。不但能使不安，还能使他们很不安，因为人心本来不易餍（yàn）足。然而人们终于至今没有悟，还以捧为苟安之一道。

记得有一部讲笑话的书，名目忘记了，也许是《笑林广记》①罢，说，当一个知县的寿辰，因为他是子年生，属鼠的，属员们便集资铸了一个金老鼠去作贺礼。知县收受之后，另寻了机会对大众说道：明年又恰巧是贱内的整寿；她比我小一岁，是属牛的。其实，如果大家先不送金老鼠，他决不敢想金牛。一送开手，可就难于收拾了，无论金牛无力致送，即使送了，怕他的姨太太也会属象。象不在十二生肖之内，似乎不近情理罢，但这是我替他设想的法子罢了，知县当然别有我们所莫测高深的妙法在。

---

①《笑林广记》：明代冯梦龙编有《广笑府》十三卷，至清代被禁止，后来书坊改编为《笑林广记》，共十二卷，编者署名游戏主人。关于金老鼠的笑话，见该书卷一（亦见《广笑府》卷二）。

民元革命时候,我在S城,来了一个都督①。他虽然也出身绿林大学,未尝"读经"(?),但倒是还算顾大局,听舆论的,可是自绅士以至于庶民,又用了祖传的捧法群起而捧之了。这个拜会,那个恭维,今天送衣料,明天送翅席,捧得他连自己也忘其所以,结果是渐渐变成老官僚一样,动手刮地皮。

最奇怪的是北几省的河道,竟捧得河身比屋顶高得多了。当初自然是防其溃决,所以壅上一点土;殊不料愈壅愈高,一旦溃决,那祸害就更大。于是就"抢堤"咧,"护堤"咧,"严防决堤"咧,花色繁多,大家吃苦。如果当初见河水泛滥,不去增堤,却去挖底,我以为决不至于这样。

有贪图金牛者,不但金老鼠,便是死老鼠也不给。那么,此辈也就连生日都未必做了。单是省却拜寿,已经是一件大快事。

中国人的自讨苦吃的根苗在于捧,"自求多福"②之道却在于挖。其实,劳力之量是差不多的,但从惰性太多的人们看来,却以为还是捧省力。

十二月十日。

三 最先与最后

《韩非子》说赛马的妙法,在于"不为最先,不耻最后"。这虽是从我们这样外行的人看起来,也觉得很有理。因为假若一开首便拼命奔驰,则马力易竭。但那第一句是只适用于赛马的,不幸中国人却奉为人的处世金针了。

①民元革命:即辛亥革命。S城:指绍兴。都督:指王金发。
②"自求多福"语见《诗经·大雅·文王》:"永言配命,自求多福。"意思是只要顺天命而行,则福禄自来。

中国人不但"不为戎首","不为祸始",甚至于"不为福先"①。所以凡事都不容易有改革;前驱和闯将,大抵是谁也怕得做。然而人性岂真能如道家所说的那样恬淡;欲得的却多。既然不敢径取,就只好用阴谋和手段。以此,人们也就日见其卑怯了,既是"不为最先",自然也不敢"不耻最后",所以虽是一大堆群众,略见危机,便"纷纷作鸟兽散"了。如果偶有几个不肯退转,因而受害的,公论家便异口同声,称之曰傻子。对于"锲而不舍"②的人们也一样。

我有时也偶尔去看看学校的运动会。这种竞争,本来不像两敌国的开战,挟有仇隙的,然而也会因了竞争而骂,或者竟打起来。但这些事又作别论。竞走的时候,大抵是最快的三四个人一到决胜点,其余的便松懈了,有几个还至于失了跑完豫定的圈数的勇气,中途挤入看客的群集中;或者佯为跌倒,使红十字队用担架将他抬走。假若偶有虽然落后,却尽跑,尽跑的人,大家就嗤笑他。大概是因为他太不聪明,"不耻最后"的缘故罢。

所以中国一向就少有失败的英雄,少有韧性的反抗,少有敢单身鏖(áo)战的武人,少有敢抚哭叛徒的吊客;见胜兆则纷纷聚集,见败兆则纷纷逃亡。战具比我们精利的欧美人,战具未必比我们精利的匈奴蒙古满洲人,都如入无人之境。"土崩瓦解"这四个字,真是形容得有自知之明。

多有"不耻最后"的人的民族,无论什么事,怕总不会一下子就"土崩瓦解"的,我每看运动会时,常常这样想:优胜者固然可敬,但那虽然落后

---

①"不为戎首":语出《礼记·檀弓》:"毋为戎首,不亦善乎?"据汉代郑玄注:"为兵主来攻伐曰戎首。""不为祸始""不为福先"语见《庄子·刻意》:"不为福先,不为祸始;感而后应,迫而后动,不得已而后起。"

②"锲而不舍":语见《荀子·劝学》:"锲而不舍,金石可镂。"

而仍非跑至终点不止的竞技者，和见了这样竞技者而肃然不笑的看客，乃正是中国将来的脊梁。

四　流产与断种

近来对于青年的创作，忽然降下一个"流产"的恶谥，哄然应和的就有一大群。我现在相信，发明这话的是没有什么恶意的，不过偶尔说一说；应和的也是情有可原的，因为世事本来大概就这样。

我独不解中国人何以于旧状况那么心平气和，于较新的机运就这么疾首蹙额；于已成之局那么委曲求全，于初兴之事就这么求全责备？

智识高超而眼光远大的先生们开导我们：生下来的倘不是圣贤，豪杰，天才，就不要生；写出来的倘不是不朽之作，就不要写；改革的事倘不是一下子就变成极乐世界，或者，至少能给我（！）有更多的好处，就万万不要动！……

那么，他是保守派么？据说：并不然的。他正是革命家。惟独他有公平，正当，稳健，圆满，平和，毫无流弊的改革法；现下正在研究室里研究着哩，——只是还没有研究好。

什么时候研究好呢？答曰：没有准儿。

孩子初学步的第一步，在成人看来，的确是幼稚，危险，不成样子，或者简直是可笑的。但无论怎样的愚妇人，却总以恳切的希望的心，看他跨出这第一步去，决不会因为他的走法幼稚，怕要阻碍阔人的路线而"逼死"他；也决不至于将他禁在床上，使他躺着研究到能够飞跑时再下地。因为她知道：假如这么办，即使长到一百岁也还是不会走路的。

古来就这样，所谓读书人，对于后起者却反而专用彰明较著的或改头换面的禁锢。近来自然客气些，有谁出来，大抵会遇见学士文人们挡驾：

且住,请坐。接着是谈道理了:调查,研究,推敲,修养,……结果是老死在原地方。否则,便得到"捣乱"的称号。我也曾有如现在的青年一样,向已死和未死的导师们问过应走的路。他们都说:不可向东,或西,或南,或北。但不说应该向东,或西,或南,或北。我终于发见他们心底里的蕴蓄了:不过是一个"不走"而已。

坐着而等待平安,等待前进,倘能,那自然是很好的,但可虑的是老死而所等待的却终于不至;不生育,不流产而等待一个英伟的宁馨儿①,那自然也很可喜的,但可虑的是终于什么也没有。

倘以为与其所得的不是出类拔萃的婴儿,不如断种,那就无话可说。但如果我们永远要听见人类的足音,则我以为流产究竟比不生产还有望,因为这已经明明白白地证明着能够生产的了。

十二月二十日。

---

①宁馨儿:晋宋时代俗语。《晋书·王衍传》:"何物老妪,生宁馨儿。"宁馨儿是"这样的孩子"的意思。宁,这样。馨,语助词。

学界的三魂①

从《京报副刊》上知道有一种叫《国魂》②的期刊，曾有一篇文章说章士钊固然不好，然而反对章士钊的"学匪"们也应该打倒。我不知道大意是否真如我所记得？但这也没有什么关系，因为不过引起我想到一个题目，和那原文是不相干的。意思是，中国旧说，本以为人有三魂六魄，或云七魄；国魂也该这样。而这三魂之中，似乎一是"官魂"，一是"匪魂"，还有一个是什么呢？也许是"民魂"罢，我不很能够决定。又因为我的见闻很偏隘，所以未敢悉指中国全社会，只好缩而小之曰"学界"。

中国人的官瘾实在深，汉重孝廉而有埋儿刻木③，宋重理学而有高帽

---

①本篇最初发表于1926年2月1日《语丝》周刊第六十四期。
②《国魂》：国家主义派所办的刊物，1925年10月在北京创刊。
③汉朝选用人材的制度中，有推举"孝子"和"廉士"做官的一项办法，因此社会上就产生了许多虚伪矫情的事情。这里记郭巨埋儿的事。

破靴,清重帖括①而有"且夫""然则"②。总而言之:那魂灵就在做官,——行官势,摆官腔,打官话。顶着一个皇帝做傀儡,得罪了官就是得罪了皇帝,于是那些人就得了雅号曰"匪徒"。学界的打官话是始于去年,凡反对章士钊的都得了"土匪","学匪","学棍"的称号,但仍然不知道从谁的口中说出,所以还不外乎一种"流言"。

但这也足见去年学界之糟了,竟破天荒的有了学匪。以大点的国事来比罢,太平盛世,是没有匪的;待到群盗如毛时,看旧史,一定是外戚,宦官,奸臣,小人当国,即使大打一通官话,那结果也还是"呜呼哀哉"③。当这"呜呼哀哉"之前,小民便大抵相率而为盗,所以我相信源增先生④的话:"表面上看只是些土匪与强盗,其实是农民革命军。"(《国民新报副刊》四三)那么,社会不是改进了么? 并不,我虽然也是被谥为"土匪"之一,却并不想为老前辈们饰非掩过。农民是不来夺取政权的,源增先生又道:"任三五热心家将皇帝推倒,自己过皇帝瘾去。"但这时候,匪便被称为帝,除遗老外,文人学者却都来恭维,又称反对他的为匪了。

所以中国的国魂里大概总有这两种魂:官魂和匪魂。这也并非硬要将我辈的魂挤进国魂里去,贪图与教授名流的魂为伍,只因为事实仿佛是这样。社会诸色人等,爱看《双官诰》⑤,也爱看《四杰村》⑥,望偏安巴蜀的刘玄德成功,也愿意打家劫舍的宋公明得法;至少,是受了官的恩惠时候

----

①帖括:科举考试文体之名。唐代考试制度,明经科以"帖经"试士。《文献通考·选举二》:"凡举司课试之法:帖经者,以所习之经,掩其两端,中间开示一行,裁纸为帖。"后考生因帖经难记,就总括经文编成歌诀,叫帖括。后世因称科举应试的文章为帖括;这里是指清代的制义,即八股文。"且夫""然则",是这一类文字中的滥调。

②"且夫""然则":是这类文字中的滥调。

③"呜呼哀哉":此处指亡国灭族、改朝换代。

④谷源增:山东文登人,为北京大学法文系学生。

⑤《双官诰》:戏曲名,故事源自明代杨善之所著同名传奇《双官诰》。

⑥《四杰村》:京剧名,故事源自清代无名氏著《绿牡丹》。

则艳羡官僚，受了官的剥削时候便同情匪类。但这也是人情之常；倘使连这一点反抗心都没有，岂不就成为万劫不复的奴才了？

然而国情不同，国魂也就两样。记得在日本留学时候，有些同学问我在中国最有大利的买卖是什么，我答道："造反。"他们便大骇怪。在万世一系的国度里，那时听到皇帝可以一脚踢落，就如我们听说父母可以一棒打杀一般。为一部分士女所心悦诚服的李景林①先生，可就深知此意了，要是报纸上所传非虚。今天的《京报》即载着他对某外交官的谈话道："予预计于旧历正月间，当能与君在天津晤谈；若天津攻击竟至失败，则拟俟三四月间卷土重来，若再失败，则暂投土匪，徐养兵力，以待时机"云。但他所希望的不是做皇帝，那大概是因为中华民国之故罢。

所谓学界，是一种发生较新的阶级，本该可以有将旧魂灵略加涤洗之望了，但听到"学官"的官话，和"学匪"的新名，则似乎还走着旧道路。那末，当然也得打倒的。这来打倒他的是"民魂"，是国魂的第三种。先前不很发扬，所以一闹之后，终不自取政权，而只"任三五热心家将皇帝推倒，自己过皇帝瘾去"了。

惟有民魂是值得宝贵的，惟有他发扬起来，中国才有真进步。但是，当此连学界也倒走旧路的时候，怎能轻易地发挥得出来呢？在乌烟瘴气之中，有官之所谓"匪"和民之所谓匪；有官之所谓"民"和民之所谓民；有官以为"匪"而其实是真的国民，有官以为"民"而其实是衙役和马弁（biàn）。所以貌似"民魂"的，有时仍不免为"官魂"，这是鉴别魂灵者所应该十分注意的。

话又说远了，回到本题去。去年，自从章士钊提了"整顿学风"②的招

---

①李景林：奉系军阀，曾任直隶督军。
②"整顿学风"：1925年8月25日，段祺瑞政府内阁会议通过了章士钊草拟的"整顿学风令"，并由执政府明令发表。

牌,上了教育总长的大任之后,学界里就官气弥漫,顺我者"通"①,逆我者"匪",官腔官话的余气,至今还没有完。但学界却也幸而因此分清了颜色;只是代表官魂的还不是章士钊,因为上头还有"减膳"执政②在,他至多不过做了一个官魂;现在是在天津"徐养兵力,以待时机"③了。我不看《甲寅》④,不知道说些什么话:官话呢,匪话呢,民话呢,衙役马弁话呢?……

一月二十四日。

---

①顺我者"通":这是作者对章士钊、陈西滢等人的讽刺。

②"减膳"执政:指段祺瑞。1925 年 5 月,北京学生因章士钊禁止纪念"五七"国耻,于 9 日向北洋政府临时执政段祺瑞提出罢免章士钊的要求;章即采取以退为进的手段,于 11 日向段祺瑞辞职,并在辞呈中向段献媚说:"钊诚举措失当。众怒齐撄。一人之祸福安危。自不足计。万一钧座因而减膳。时局为之不宁。……钊有百身。亦何能赎。"

③1925 年 11 月 28 日,北京群众为反对关税会议要求关税自主举行游行示威,提出"驱逐段祺瑞""打死朱深、章士钊"等口号,章士钊即潜逃天津。

④《甲寅》:指《甲寅》周刊。

谈 皇 帝①

　　中国人的对付鬼神，凶恶的是奉承，如瘟神和火神之类，老实一点的就要欺侮，例如对于土地或灶君。待遇皇帝也有类似的意思。君民本是同一民族，乱世时"成则为王败则为贼"，平常是一个照例做皇帝，许多个照例做平民；两者之间，思想本没有什么大差别。所以皇帝和大臣有"愚民政策"，百姓们也自有其"愚君政策"。

　　往昔的我家，曾有一个老仆妇，告诉过我她所知道，而且相信的对付皇帝的方法。她说——

　　"皇帝是很可怕的。他坐在龙位上，一不高兴，就要杀人；不容易对付的。所以吃的东西也不能随便给他吃，倘是不容易办到的，他吃了又要，

---

①本篇最初发表于 1926 年 3 月 9 日《国民新报副刊》。

一时办不到；——譬如他冬天想到瓜，秋天要吃桃子，办不到，他就生气，杀人了。现在是一年到头给他吃波菜，一要就有，毫不为难。但是倘说是波菜，他又要生气的，因为这是便宜货，所以大家对他就不称为波菜，另外起一个名字，叫作'红嘴绿鹦哥'。"

在我的故乡，是通年有波菜的，根很红，正如鹦哥的嘴一样。

这样的连愚妇人看来，也是呆不可言的皇帝，似乎大可以不要了。然而并不，她以为要有的，而且应该听凭他作威作福①。至于用处，仿佛在靠他来镇压比自己更强梁的别人，所以随便杀人，正是非备不可的要件。然而倘使自己遇到，且须侍奉呢？可又觉得有些危险了，因此只好又将他练成傻子，终年耐心地专吃着"红嘴绿鹦哥"。

其实利用了他的名位，"挟天子以令诸侯"②的，和我那老仆妇的意思和方法都相同，不过一则又要他弱，一则又要他愚。儒家的靠了"圣君"来行道也就是这玩意，因为要"靠"，所以要他威重，位高；因为要便于操纵，所以又要他颇老实，听话。

皇帝一自觉自己的无上威权，这就难办了。既然"普天之下，莫非皇土"③，他就胡闹起来，还说是"自我得之，自我失之，我又何恨"④哩！于是圣人之徒也只好请他吃"红嘴绿鹦哥"了，这就是所谓"天"。据说天子的行事，是都应该体贴天意，不能胡闹的；而这"天意"也者，又偏只有儒者们

①作威作福：原意只有君王才能独揽威权、擅行赏罚。后来形容当权者妄自尊大、滥用权势、横行霸道。出自《尚书·洪范》："惟辟作福，惟辟作威，惟辟玉食。臣无有作福作威玉食。"

②"挟天子以令诸侯"语见《三国志·诸葛亮传》。诸葛亮在隆中对刘备评论曹操时说："今操已拥百万之众，挟天子以令诸侯，此诚不可与争锋。"

③"普天之下，莫非皇土"：见《诗经·小雅·北山》："溥天之下，莫非王土；率土之滨，莫非王臣。"溥，通普。

④"自我得之，自我失之，我又何恨"语出《梁书·邵陵王纶传》。太清三年(549)三月，侯景陷建康，"高祖(梁武帝萧衍)叹曰：自我得之，自我失之，亦复何恨！"

知道着。

这样，就决定了：要做皇帝就非请教他们不可。

然而不安分的皇帝又胡闹起来了。你对他说"天"么，他却道，"我生不有命在天?!"①岂但不仰体上天之意而已，还逆天，背天，"射天"②，简直将国家闹完，使靠天吃饭的圣贤君子们，哭不得，也笑不得。

于是乎他们只好去著书立说，将他骂一通，豫计③百年之后，即身殁之后，大行于时，自以为这就了不得。

但那些书上，至多就止④记着"愚民政策"和"愚君政策"全都不成功。

二月十七日。

---

①"我生不有命在天?!"语见《尚书·西北戡黎》："王(商纣王)曰：呜呼！我生不有命在天?"
②"射天"见《史记·殷本纪》："帝武乙无道，为偶人，谓之天神。与之博，令人为行。天神不胜，乃僇辱之。为革囊，盛血，卬(仰)而射之，命曰'射天'。"
③豫计：现代汉语作"预计"。
④止：现代汉语作"只"。

记念刘和珍君①

一

中华民国十五年三月二十五日，就是国立北京女子师范大学为十八日在段祺瑞执政府②前遇害的刘和珍杨德群③两君开追悼会的那一天，我独在礼堂外徘徊，遇见程君，前来问我道，"先生可曾为刘和珍写了一点什么没有？"我说"没有"。她就正告我，"先生还是写一点罢；刘和珍生前就很爱看先生的文章。"这是我知道的，凡我所编辑的期刊，大概是因为往往有始无终之故罢，销行一向就甚为寥落，然而在这样的生活艰难中，毅然预定了《莽原》④全年的就有她。我也早觉得有写一点东西的必要了，这

①本篇发表于 1926 年 4 月《语丝》周刊。

②段祺瑞执政府：1924 年第二次"直奉战争"，直系军阀失败，奉系军阀推段祺瑞为北洋政府"临时执政"。段祺瑞，生于 1864 年，死于 1936 年，北洋军阀皖系首领，曾经几度把持北洋军阀的中央政权，1926 年 4 月被冯玉祥驱逐下台。

③刘和珍、杨德群和后文的张静淑同为北京女子师范大学学生。

④《莽原》：文艺刊物，鲁迅编辑，1925 年 4 月 24 日创刊于北京。

虽然于死者毫不相干，但在生者，却大抵只能如此而已。倘使我能够相信真有所谓"在天之灵"，那自然可以得到更大的安慰，——但是，现在，却只能如此而已。

可是我实在无话可说。我只觉得所住的并非人间。四十多个青年的血，洋溢在我的周围，使我艰于呼吸视听，那里还能有什么言语？长歌当哭①，是必须在痛定之后的。而此后几个所谓学者文人的阴险的论调②，尤使我觉得悲哀。我已经出离愤怒③了。我将深味这非人间的浓黑的悲凉；以我的最大哀痛显示于非人间，使它们快意于我的苦痛，就将这作为后死者的菲薄的祭品，奉献于逝者的灵前。

二

真的猛士，敢于直面惨淡的人生，敢于正视淋漓的鲜血。这是怎样的哀痛者和幸福者？然而造化④又常常为庸人设计，以时间的流驶，来洗涤旧迹，仅使留下淡红的血色和微漠⑤的悲哀。在这淡红的血色和微漠的悲哀中，又给人暂得偷生，维持着这似人非人的世界。我不知道这样的世界何时是一个尽头！

我们还在这样的世上活着；我也早觉得有写一点东西的必要了。离三月十八日也已有两星期，忘却的救主快要降临了罢，我正有写一点东西的必要了。

----

①长歌当哭：意思是用写文章来代替哭泣。长歌，引吭高歌，这里指写文章。当，dàng，当作。

②几个所谓学者文人的阴险的论调：几个所谓学者文人指陈西滢等。陈西滢在3月27日出版的《现代评论》上发表一篇评论"三·一八"惨案的《闲话》，污蔑遇害的爱国学生"莫名其妙"，"没有审判力"，因而盲目地被人引入"死地"，并且把杀人责任推到他所说的"民众领袖"身上，说他们"犯了故意引人去死地的嫌疑"。陈西滢所说的"群众领袖"，就是影射鲁迅等进步教师。

③出离愤怒：超脱愤怒，意即愤怒到不知道愤怒。出离，超出。

④造化：造物主，指自然界。

⑤微漠：依稀，淡薄。

三

在四十余被害的青年之中，刘和珍君是我的学生。学生云者，我向来这样想，这样说，现在却觉得有些踌躇了，我应该对她奉献我的悲哀与尊敬。她不是"苟活到现在的我"的学生，是为了中国而死的中国的青年。

她的姓名第一次为我所见，是在去年夏初杨荫榆①女士做女子师范大学校长，开除校中六个学生自治会职员的时候。其中的一个就是她；但是我不认识。直到后来，也许已经是刘百昭②率领男女武将，强拖出校之后了，才有人指着一个学生告诉我，说：这就是刘和珍。其时我才能将姓名和实体联合起来，心中却暗自诧异。我平素想，能够不为势利所屈，反抗一广有羽翼的校长的学生，无论如何，总该是有些桀骜锋利的，但她却常常微笑着，态度很温和。待到偏安于宗帽胡同③，赁屋授课之后，她才始来听我的讲义，于是见面的回数就较多了，也还是始终微笑着，态度很温和。待到学校恢复旧观，往日的教职员以为责任已尽，准备陆续引退的时候，我才见她虑及母校前途，黯然至于泣下。此后似乎就不相见。总之，在我的记忆上，那一次就是永别了。

四

我在十八日早晨，才知道上午有群众向执政府请愿的事；下午便得到

①杨荫榆：江苏省无锡市人。1924年开始任国立北京女子师范大学校长，依附北洋军阀势力，迫害进步学生，镇压学生运动。后因参加抗日活动，被日寇杀害。

②刘百昭是当时任教育部专门教育司司长兼北京艺术专门学校校长。女师大学生反对校长杨荫榆，教总长章士钊派亲信刘百昭雇用男女流氓殴打学生，并把学生强行拖出学校。

③偏安于宗帽胡同，赁屋授课：反对杨荫榆的女师大学生被赶出学校后，在西城宗帽胡同租赁房屋作为临时校舍，于1925年9月21日开学。当时鲁迅和一些进步教师曾去义务教课，表示支持。偏安，原指封建王朝失去中原而苟安于部分领土，这里的意思是被迫离开原来的地方，暂居宗帽胡同。

噩耗,说卫队居然开枪,死伤至数百人,而刘和珍君即在遇害者之列。但我对于这些传说,竟至于颇为怀疑。我向来是不惮以最坏的恶意,来推测中国人的,然而我还不料,也不信竟会下劣凶残到这地步。况且始终微笑着的和蔼的刘和珍君,更何至于无端在府门前喋血呢?

然而即日证明是事实了,作证的便是她自己的尸骸。还有一具,是杨德群君的。而且又证明着这不但是杀害,简直是虐杀,因为身体上还有棍棒的伤痕。

但段政府就有令,说她们是"暴徒"!

但接着就有流言,说她们是受人利用的。

惨象,已使我目不忍视了;流言,尤使我耳不忍闻。我还有什么话可说呢? 我懂得衰亡民族之所以默无声息的缘由了。沉默呵,沉默呵! 不在沉默中爆发,就在沉默中灭亡。

五

但是,我还有要说的话。

我没有亲见;听说,她,刘和珍君,那时是欣然前往的。自然,请愿而已,稍有人心者,谁也不会料到有这样的罗网①。但竟在执政府前中弹了,从背部入,斜穿心肺,已是致命的创伤,只是没有便死。同去的张静淑君想扶起她,中了四弹,其一是手枪,立仆;同去的杨德群君又想去扶起她,也被击,弹从左肩入,穿胸偏右出,也立仆。但她还能坐起来,一个兵在她头部及胸部猛击两棍,于是死掉了。

①这样的罗网:鲁迅在《可惨与可笑》一文中指出:"三月十八日的惨杀事件,在事后看来,分明是政府布成的罗网。"

始终微笑的和蔼的刘和珍君确是死掉了,这是真的,有她自己的尸骸为证;沉勇而友爱的杨德群君也死掉了,有她自己的尸骸为证;只有一样沉勇而友爱的张静淑君还在医院里呻吟。当三个女子从容地转辗于文明人所发明的枪弹的攒射中的时候,这是怎样的一个惊心动魄的伟大呵!中国军人的屠戮妇婴的伟绩,八国联军的惩创①学生的武功,不幸全被这几缕血痕抹杀了。

但是中外的杀人者却居然昂起头来,不知道个个脸上有着血污……

六

时间永是流驶,街市依旧太平,有限的几个生命,在中国是不算什么的,至多,不过供无恶意的闲人②以饭后的谈资,或者给有恶意的闲人③作"流言"的种子。至于此外的深的意义,我总觉得很寥寥,因为这实在不过是徒手的请愿。人类的血战前行的历史④,正如煤的形成,当时用大量的木材,结果却只是一小块,但请愿是不在其中的,更何况是徒手⑤。

然而既然有了血痕了,当然不觉要扩大。至少,也当浸渍了亲族;师友,爱人的心,纵使时光流驶,洗成绯红,也会在微漠的悲哀中永存微笑的

---

①这个句子是把上句所说的"伟大"坐实,揭露"三·一八"惨案是史无前例的暴行。"武功""伟绩"是反语,"八国联军"泛指外国侵略者,并非实指。"中国军人的屠戮妇婴的伟绩,八国联军的惩创学生的武功"是互文,即中外反动派屠杀中国妇女儿童的罪行。"这几缕血痕"照应上句的"文明人所发明的枪弹攒射三个女子",即"三·一八惨案"。

②无恶意的闲人:指一般庸俗的市民,即上文提到的"庸人"。

③有恶意的闲人:在本文是指前文提到的"几个所谓学者文人",如陈西滢之流。

④人类的血战前行的历史:人类社会的在流血斗争中向前发展的历史。这是鲁迅对人类历史特征所作的科学概括,他指出人类历史永远是向前发展的,但是前进要以血战为代价,没有牺牲,就不会有进步。

⑤鲁迅认为,为了积聚革命的力量,必须以有限的代价去换取更大的胜利,因此,鲁迅是不主张采用向反动派请愿这种方式的。

和蔼的旧影。陶潜①说过，"亲戚或余悲，他人亦已歌，死去何所道，托体同山阿。"倘能如此，这也就够了。

七

我已经说过：我向来是不惮以最坏的恶意来推测中国人的。但这回却很有几点出于我的意外。一是当局者竟会这样地凶残，一是流言家竟至如此之下劣，一是中国的女性临难竟能如是之从容。

我目睹中国女子的办事，是始于去年的，虽然是少数，但看那干练坚决，百折不回的气概，曾经屡次为之感叹。至于这一回在弹雨中互相救助，虽殒身不恤②的事实，则更足为中国女子的勇毅，虽遭阴谋秘计，压抑至数千年，而终于没有消亡的明证了。倘要寻求这一次死伤者对于将来的意义，意义就在此罢。

苟活者在淡红的血色中，会依稀看见微茫的希望；真的猛士，将更奋然而前行。

呜呼，我说不出话，但以此记念刘和珍君！

四月一日。

---

①陶潜：即陶渊明，东晋末年著名诗人。生于公元 365 年，卒于公元 427 年。这里所引的四句诗出自他的《挽歌》。意思是，亲族们有的余哀未尽，别的人也已经唱过挽歌。人死了还有什么可说，不过是寄托躯体于山陵，和山陵同化而已。山阿，山陵。鲁迅引用这首诗，有青山埋忠骨之意，寄托了愿死者与青山同在，与天地长存的深挚感情。

②殒身不恤：牺牲生命也不顾惜。殒，死亡。恤，顾虑。

黄花节的杂感[①]

黄花节[②]将近了，必须做一点所谓文章。但对于这一个题目的文章，教我做起来，实在近于先前的在考场里"对空策"。因为，——说出来自己也惭愧，——黄花节这三个字，我自然明白它是什么意思的；然而战死在黄花冈头的战士们呢，不但姓名，连人数也不知道。

为寻些材料，好发议论起见，只得查《辞源》[③]。书里面有是有的，可不过是：

"黄花冈。地名，在广东省城北门外白云山之麓。

---

①本篇最初发表于1927年3月29日广州中山大学政治训育部编印的《政治训育》第七期"黄花节特号"。

②黄花节：1911年公历3月29日革命先烈纪念日（在这一天，同盟会领导成员黄兴、赵声等人在广州发动武装起义失败，之后将收集到的七十二具烈士遗体合葬于广州市郊黄花岗）。

③《辞源》：一部说明汉语词义及其渊源、演变的工具书，陆尔奎等人编辑，1915年商务印书馆出版。

清宣统三年三月二十九日，革命党数十人，攻袭督署，不成而死，丛葬于此。”

轻描淡写，和我所知道的差不多，于我并不能有所裨益。

我又愿意知道一点十七年前的三月二十九日的情形，但一时也找不到目击耳闻的耆老。从别的地方——如北京，南京，我的故乡——的例子推想起来，当时大概有若干人痛惜，若干人快意，若干人没有什么意见，若干人当作酒后茶余的谈助的罢。接着便将被人们忘却。久受压制的人们，被压制时只能忍苦，幸而解放了便只知道作乐，悲壮剧是不能久留在记忆里的。

但是三月二十九日的事却特别，当时虽然失败，十月就是武昌起义，第二年，中华民国便出现了。于是这些失败的战士，当时也就成为革命成功的先驱，悲壮剧刚要收场，又添上一个团圆剧的结束。这于我们是很可庆幸的，我想，在纪念黄花节的时候便可以看出。

我还没有亲自遇见过黄花节的纪念，因为久在北方。不过，中山先生的纪念日却遇见过了：在学校里，晚上来看演剧的特别多，连凳子也踏破了几条，非常热闹。用这例子来推断，那么，黄花节也一定该是极其热闹的罢。

当三月十二日那天的晚上，我在热闹场中，便深深地更感得革命家的伟大。我想，恋爱成功的时候，一个爱人死掉了，只能给生存的那一个以悲哀。然而革命成功的时候，革命家死掉了，却能每年给生存的大家以热闹，甚而至于欢欣鼓舞。惟独革命家，无论他生或死，都能给大家以幸福。同是爱，结果却有这样地不同，正无怪现在的青年，很有许多感到恋爱和革命的冲突的苦闷。

以上的所谓“革命成功”，是指暂时的事而言；其实是“革命尚未成功”①

----

① “革命尚未成功”：孙中山在遗嘱中告诫其同志的话。

的。革命无止境,倘使世上真有什么"止于至善"①,这人间世便同时变了凝固的东西了。不过,中国经了许多战士的精神和血肉的培养,却的确长出了一点先前所没有的幸福的花果来,也还有逐渐生长的希望。倘若不像有,那是因为继续培养的人们少,而赏玩,攀折这花,摘食这果实的人们倒是太多的缘故。

我并非说,大家都须天天去痛哭流涕,以凭吊先烈的"在天之灵",一年中有一天记起他们也就可以了。但就广东的现在而论,我却觉得大家对于节日的办法,还须改良一点。黄花节很热闹,热闹一天自然也好;热闹得疲劳了,回去就好好地睡一觉。然而第二天,元气恢复了,就该加工做一天自己该做的工作。这当然是劳苦的,但总比枪弹从致命的地方穿过去要好得远;何况这也算是在培养幸福的花果,为着后来的人们呢。

三月二十四日夜。

---

①"止于至善":语见《大学》,意为"达尽善尽美的境界"。

略论中国人的脸①

大约人们一遇到不大看惯的东西，总不免以为他古怪。我还记得初看见西洋人的时候，就觉得他脸太白，头发太黄，眼珠太淡，鼻梁太高。虽然不能明明白白地说出理由来，但总而言之：相貌不应该如此。至于对于中国人的脸，是毫无异议；即使有好丑之别，然而都不错的。

我们的古人，倒似乎并不放松自己中国人的相貌。周的孟轲就用眸子来判胸中的正不正②，汉朝还有《相人》③二十四卷。后来闹这玩艺儿的尤其多；分起来，可以说有两派罢：一是从脸上看出他的智愚贤不肖；一是从脸上看出他过去，现在和将来的荣枯。于是天下纷纷，从此多事，许多

①本篇最初发表于 1927 年 11 月 25 日北京《莽原》半月刊第二卷第二十一、二十二期合刊。

②《孟子·离娄》有如下的话："孟子曰：存乎人者，莫良于眸子，眸子不能掩其恶。胸中正，则眸子瞭焉；胸中不正，则眸子眊焉。听其言也，观其眸子，人焉廋哉。"

③《相人》：谈相术的书，见《汉书·艺文志》的《数术》类，著者不详。

人就都战战兢兢地研究自己的脸。我想,镜子的发明,恐怕这些人和小姐们是大有功劳的。不过近来前一派已经不大有人讲究,在北京上海这些地方捣鬼的都只是后一派了。

我一向只留心西洋人。留心的结果,又觉得他们的皮肤未免太粗;毫毛有白色的,也不好。皮上常有红点,即因为颜色太白之故,倒不如我们之黄。尤其不好的是红鼻子,有时简直像是将要熔化的蜡烛油,仿佛就要滴下来,使人看得栗栗危惧,也不及黄色人种的较为隐晦,也见得较为安全。总而言之:相貌还是不应该如此的。

后来,我看见西洋人所画的中国人,才知道他们对于我们的相貌也很不敬。那似乎是《天方夜谈》或者《安兑生童话》中的插画①,现在不很记得清楚了。头上戴着拖花翎的红缨帽,一条辫子在空中飞扬,朝靴的粉底非常之厚。但这些都是满洲人连累我们的。独有两眼歪斜,张嘴露齿,却是我们自己本来的相貌。不过我那时想,其实并不尽然,外国人特地要奚落我们,所以格外形容得过度了。

但此后对于中国一部分人们的相貌,我也逐渐感到一种不满,就是他们每看见不常见的事件或华丽的女人,听到有些醉心的说话的时候,下巴总要慢慢挂下,将嘴张了开来。这实在不大雅观;仿佛精神上缺少着一样什么机件。据研究人体的学者们说,一头附着在上颚骨上,那一头附着在下颚骨上的"咬筋",力量是非常之大的。我们幼小时候想吃核桃,必须放在门缝里将它的壳夹碎。但在成人,只要牙齿好,那咬筋一收缩,便能咬碎一个核桃。有着这么大的力量的筋,有时竟不能收住一个并不沉重的

---

① 《天方夜谈》:现在通译《天方夜谭》,原名《一千零一夜》,古代阿拉伯民间故事集。安兑生(H·C·Andersen,1805—1875):通译"安徒生",丹麦童话作家。这里所说的插画,见于当时美国霍顿·密夫林公司出版的安徒生《童话集》中的《夜莺》篇。

自己的下巴，虽然正在看得出神的时候，倒也情有可原，但我总以为究竟不是十分体面的事。

日本的长谷川如是闲是善于做讽刺文字的。去年我见过他的一本随笔集，叫作《猫·狗·人》；其中有一篇就说到中国人的脸。大意是初见中国人，即令人感到较之日本人或西洋人，脸上总欠缺着一点什么。久而久之，看惯了，便觉得这样已经尽够，并不缺少东西；倒是看得西洋人之流的脸上，多余着一点什么。这多余着的东西，他就给它一个不大高妙的名目：兽性。中国人的脸上没有这个，是人，则加上多余的东西，即成了下列的算式：

人＋兽性＝西洋人

他借了称赞中国人，贬斥西洋人，来讥刺日本人的目的，这样就达到了，自然不必再说这兽性的不见于中国人的脸上，是本来没有的呢，还是现在已经消除。如果是后来消除的，那么，是渐渐净尽而只剩了人性的呢，还是不过渐渐成了驯顺。野牛成为家牛，野猪成为猪，狼成为狗，野性是消失了，但只足使牧人喜欢，于本身并无好处。人不过是人，不再夹杂着别的东西，当然再好没有了。倘不得已，我以为还不如带些兽性，如果合于下列的算式倒是不很有趣的：

人＋家畜性＝某一种人

中国人的脸上真可有兽性的记号的疑案，暂且中止讨论罢。我只要说近来却在中国人所理想的古今人的脸上，看见了两种多余。一到广州，我觉得比我所从来的厦门丰富得多的，是电影，而且大半是"国片"，有古装的，有时装的。因为电影是"艺术"，所以电影艺术家便将这两种多余加上去了。

古装的电影也可以说是好看，那好看不下于看戏；至少，决不至于有

大锣大鼓将人的耳朵震聋。在"银幕"上,则有身穿不知何时何代的衣服的人物,缓慢地动作;脸正如古人一般死,因为要显得活,便只好加上些旧式戏子的昏庸。

时装人物的脸,只要见过清朝光绪年间上海的吴友如①的《画报》的,便会觉得神态非常相像。《画报》所画的大抵不是流氓拆梢,便是妓女吃醋,所以脸相都狡猾。这精神似乎至今不变,国产影片中的人物,虽是作者以为善人杰士者,眉宇间也总带些上海洋场式的狡猾。可见不如此,是连善人杰士也做不成的。

听说,国产影片之所以多,是因为华侨欢迎,能够获利,每一新片到,老的便带了孩子去指点给他们看道:"看哪,我们的祖国的人们是这样的。"在广州似乎也受欢迎,日夜四场,我常见看客坐得满满。

广州现在也如上海一样,正在这样地修养他们的趣味。可惜电影一开演,电灯一定熄灭,我不能看见人们的下巴。

四月六日。

①吴友如(?—1893):名猷(又作嘉猷),字友如,江苏元和(今吴县)人,清末画家。以善画人物、世态著称。他主编的《点石斋画报》,旬刊,1884年创刊,1898年停刊,随上海《申报》发行。

读书杂谈①

因为知用中学②的先生们希望我来演讲一回,所以今天到这里和诸君相见。不过我也没有什么东西可讲。忽而想到学校是读书的所在,就随便谈谈读书。是我个人的意见,姑且供诸君的参考,其实也算不得什么演讲。

说到读书,似乎是很明白的事,只要拿书来读就是了,但是并不这样简单。至少,就有两种:一是职业的读书,一是嗜好的读书。所谓职业的读书者,譬如学生因为升学,教员因为要讲功课,不翻翻书,就有些危险的就是。我想在座的诸君之中一定有些这样的经验,有的不喜欢算学,有的

①本篇发表于 1927 年 8 月《民国日报》副刊《现代青年》。原幅标题"七月十六日在广州知田中学讲"。
②知用中学:1924 年广州知用学社社友所创办的学校,在当时有进步倾向。

不喜欢博物，然而不得不学，否则，不能毕业，不能升学，和将来的生计便有妨碍了。我自己也这样，因为做教员，有时即非看不喜欢看的书不可，要不这样，怕不久便会于饭碗有妨。我们习惯了，一说起读书，就觉得是高尚的事情，其实这样的读书，和木匠的磨斧头，裁缝的理针线并没有什么分别，并不见得高尚，有时还很苦痛，很可怜。你爱做的事，偏不给你做，你不爱做的，倒非做不可。这是由于职业和嗜好不能合一而来的。倘能够大家去做爱做的事，而仍然各有饭吃，那是多么幸福。但现在的社会上还做不到，所以读书的人们的最大部分，大概是勉勉强强的，带着苦痛的为职业的读书。

现在再讲嗜好的读书罢。那是出于自愿，全不勉强，离开了利害关系的。——我想，嗜好的读书，该如爱打牌的一样，天天打，夜夜打，连续的去打，有时被公安局捉去了，放出来之后还是打。诸君要知道真打牌的人的目的并不在赢钱，而在有趣。牌有怎样的有趣呢，我是外行，不大明白。但听得爱赌的人说，它妙在一张一张地摸起来，永远变化无穷。我想，凡嗜好的读书，能够手不释卷的原因也就是这样。他在每一页每一页里，都得着深厚的趣味。自然，也可以扩大精神，增加智识的，但这些倒都不计及，一计及，便等于意在赢钱的博徒了，这在博徒之中，也算是下品。

不过我的意思，并非说诸君应该都退了学，去看自己喜欢看的书去，这样的时候还没有到来；也许终于不会到，至多，将来可以设法使人们对于非做不可的事发生较多的兴味罢了。我现在是说，爱看书的青年，大可以看看本分以外的书，即课外的书，不要只将课内的书抱住。但请不要误解，我并非说，譬如在国文讲堂上，应该在抽屉里暗看《红楼梦》之类；乃是说，应做的功课已完而有余暇，大可以看看各样的书，即使和本业毫不相干的，也要泛览。譬如学理科的，偏看看文学书，学文学的，偏看看科学

书,看看别个在那里研究的,究竟是怎么一回事。这样子,对于别人,别事,可以有更深的了解。现在中国有一个大毛病,就是人们大概以为自己所学的一门是最好,最妙,最要紧的学问,而别的都无用,都不足道的,弄这些不足道的东西的人,将来该当饿死。其实是,世界还没有如此简单,学问都各有用处,要定什么是头等还很难。也幸而有各式各样的人,假如世界上全是文学家,到处所讲的不是"文学的分类"便是"诗之构造",那倒反而无聊得很了。

不过以上所说的,是附带而得的效果,嗜好的读书,本人自然并不计及那些,就如游公园似的,随随便便去,因为随随便便,所以不吃力,因为不吃力,所以会觉得有趣。如果一本书拿到手,就满心想道,"我在读书了!""我在用功了!"那就容易疲劳,因而减掉兴味,或者变成苦事了。

我看现在的青年,为兴味的读书的是有的,我也常常遇到各样的询问。此刻就将我所想到的说一点,但是只限于文学方面,因为我不明白其他的。

第一,是往往分不清文学和文章。甚至于已经来动手做批评文章的,也免不了这毛病。其实粗粗的说,这是容易分别的。研究文章的历史或理论的,是文学家,是学者;做做诗,或戏曲小说的,是做文章的人,就是古时候所谓文人,此刻所谓创作家。创作家不妨毫不理会文学史或理论,文学家也不妨做不出一句诗。然而中国社会上还很误解,你做几篇小说,便以为你一定懂得小说概论,做几句新诗,就要你讲诗之原理。我也尝见想做小说的青年,先买小说法程和文学史来看。据我看来,是即使将这些书看烂了,和创作也没有什么关系的。

事实上,现在有几个做文章的人,有时也确去做教授。但这是因为中国创作不值钱,养不活自己的缘故。听说美国小名家的一篇中篇小说,时价是二千美金；中国呢，别人我不知道，我自己的短篇寄给大书铺，每篇卖过二十元。当然要寻别的事，例如教书，讲文学。研究是要用理智，要冷静的，而创作须情感，至少总得发点热，于是忽冷忽热，弄得头昏，——这也是职业和嗜好不能合一的苦处。苦倒也罢了，结果还是什么都弄不好。那证据，是试翻世界文学史，那里面的人，几乎没有兼做教授的。

还有一种坏处，是一做教员，未免有顾忌；教授有教授的架子，不能畅所欲言。这或者有人要反驳：那么，你畅所欲言就是了，何必如此小心。然而这是事前的风凉话，一到有事，不知不觉地他也要从众来攻击的。而教授自身，纵使自以为怎样放达，下意识里总不免有架子在。所以在外国，称为"教授小说"的东西倒并不少，但是不大有人说好，至少，是总难免有令人发烦的炫学①的地方。

所以我想，研究文学是一件事，做文章又是一件事。

第二，我常被询问：要弄文学，应该看什么书？这实在是一个极难回答的问题。先前也曾有几位先生给青年开过一大篇书目②。但从我看来，这是没有什么用处的，因为我觉得那都是开书目的先生自己想要看或者未必想要看的书目。我以为倘要弄旧的呢，倒不如姑且靠着张之洞的《书目答问》③去摸门径去。倘是新的，研究文学，则自己先看看各种的小本子，如本间久雄的《新文学概论》④，厨川白村的《苦闷的象征》⑤，瓦浪斯

①炫学：指的是卖弄才学。
②这里说的开一大篇书目，指胡适的《一个最低限度的国学书目》、梁启超的《国学入门书要目及其读法》和吴宓的《西洋文学入门必读书目》等。这些书目都开列于1923年。
③《书目答问》一书，是张之洞因诸生不知"应读何书"及"书以何本为善"而为其开列的学习经史词章考诸学指示门径的导读目录（一说系张委托缪荃孙代撰）。收录者多为重要书籍，所选版本亦从当时习见者中取其不缺少误者为主，而不追求所谓的宋椠元刊。
④本间久雄：日本文艺理论家，曾任早稻田大学教授。《新文学概论》1925年8月商务印书馆出版。
⑤厨川白村：日本文艺理论家。曾任京都帝国大学教授。著有《苦闷的象征》。

基们的《苏俄的文艺论战》①之类，然后自己再想想，再博览下去。因为文学的理论不像算学，二二一定得四，所以议论很分歧。如第三种，便是俄国的两派的争论，——我附带说一句，近来听说连俄国的小说也不大有人看了，似乎一看见"俄"字就吃惊，其实苏俄的新创作何尝有人绍介，此刻译出的几本，都是革命前的作品，作者在那边都已经被看作反革命的了。倘要看看文艺作品呢，则先看几种名家的选本，从中觉得谁的作品自己最爱看，然后再看这一个作者的专集，然后再从文学史上看看他在史上的位置；倘要知道得更详细，就看一两本这人的传记，那便可以大略了解了。如果专是请教别人，则各人的嗜好不同，总是格不相入的。

　　第三，说几句关于批评的事。现在因为出版物太多了，——其实有什么呢，而读者因为不胜其纷纭，便渴望批评，于是批评家也便应运而起。批评这东西，对于读者，至少对于和这批评家趣旨相近的读者，是有用的。但中国现在，似乎应该暂作别论。往往有人误以为批评家对于创作是操生杀之权，占文坛的最高位的，就忽而变成批评家；他的灵魂上挂了刀。但是怕自己的立论不周密，便主张主观，有时怕自己的观察别人不看重，又主张客观；有时说自己的作文的根柢全是同情，有时将校对者骂得一文不值。凡中国的批评文字，我总是越看越糊涂，如果当真，就要无路可走。印度人是早知道的，有一个很普通的比喻。他们说：一个老翁和一个孩子用一匹驴子驮着货物去出卖，货卖去了，孩子骑驴回来，老翁跟着走。但路人责备他了，说是不晓事，叫老年人徒步。他们便换了一个地位，而旁人又说老人忍心；老人忙将孩子抱到鞍鞒上，后来看见的人却说他们残

----

①《苏俄的文艺论战》：任国桢辑译，内收 1923 年至 1924 年间苏联瓦浪斯基等人关于本国的文艺问题。

《读书杂谈》

《上海的儿童》

酷;于是都下来,走了不久,可又有人笑他们了,说他们是呆子,空着现成的驴子却不骑。于是老人对孩子叹息道,我们只剩了一个办法了,是我们两人抬着驴子走①。无论读,无论做,倘若旁征博访,结果是往往会弄到抬驴子走的。

不过我并非要大家不看批评,不过说看了之后,仍要看看本书,自己思索,自己做主。看别的书也一样,仍要自己思索,自己观察。倘只看书,便变成书厨,即使自己觉得有趣,而那趣味其实是已在逐渐硬化,逐渐死去了。我先前反对青年躲进研究室②,也就是这意思,至今有些学者,还将这话算作我的一条罪状哩。

听说英国的培那特萧(Bernard Shaw)③,有过这样意思的话:世间最不行的是读书者。因为他只能看别人的思想艺术,不用自己。这也就是勖本华尔(Schopenhauer)之所谓脑子里给别人跑马④。较好的是思索者。因为能用自己的生活力了,但还不免是空想,所以更好的是观察者,他用自己的眼睛去读世间这一部活书。

这是的确的,实地经验总比看,听,空想确凿。我先前吃过干荔支⑤,罐头荔支,陈年荔支,并且由这些推想过新鲜的好荔支。这回吃过了,和我所猜想的不同,非到广东来吃就永不会知道。但我对于萧的所说,还要

----

①这个比喻见于印度某书籍,不详。1888年(清光绪十四年)张赤山译的伊索寓言《海国妙喻·丧驴》中有类似的故事。

②进研究室:"五四"以后,胡适提出"进研究室""整理国故"的主张,企图诱使青年脱离现实斗争。1924年间,鲁迅曾多次写文章批驳过,参看《坟·未有天才之前》等文。

③培那特萧:即萧伯纳。他关于"读书者""思索者""观察者"的议论见于何种著作,未详。(按英国学者嘉勒尔说过类似的话,见鲁迅译日本鹤见祐辅《思想·山水·人物》中的《说旅行》。)

④勖本华尔:即叔本华。"脑子里给别人跑马"可能指他的《读书和书籍》中的这段话:"我们读着的时候,别人却替我们想。我们不过反复了这人的心的过程。……读书时,我们的脑已非自己的活动地。这是别人的思想的战场了。"

⑤荔支:现代汉语作"荔枝"。

加一点骑墙的议论。萧是爱尔兰人，立论也不免有些偏激的。我以为假如从广东乡下找一个没有历练的人，叫他从上海到北京或者什么地方，然后问他观察所得，我恐怕是很有限的，因为他没有练习过观察力。所以要观察，还是先要经过思索和读书。

总之，我的意思是很简单的：我们自动的读书，即嗜好的读书，请教别人是大抵无用，只好先行泛览，然后决择而入于自己所爱的较专的一门或几门；但专读书也有弊病，所以必须和实社会接触，使所读的书活起来。

无声的中国①

——二月十六日在香港青年会②讲

以我这样没有什么可听的无聊的讲演，又在这样大雨的时候，竟还有这许多来听的诸君，我首先应当声明我的郑重的感谢。

我现在所讲的题目是：《无声的中国》。

现在，浙江，陕西，都在打仗③，那里的人民哭着呢还是笑着呢，我们不知道。香港似乎很太平，住在这里的中国人，舒服呢还是不很舒服呢，别人也不知道。

发表自己的思想，感情给大家知道的是要用文章的，然而拿文章来达

①本篇刊于香港某报纸，1927年3月23日汉口《中央日报》副刊转载。
②青年会：即基督教青年会，基督教进行社会文化活动的机构之一。
③这里说的浙江陕西在打仗，指1926年末至1927年初北洋军阀孙传芳在浙江进攻与广州国民政府有联系的陈仪、周凤歧等部，和1926年12月冯玉祥所领国民军在陕西反对北洋军阀吴佩孚的战争。

意,现在一般的中国人还做不到。这也怪不得我们;因为那文字,先就是我们的祖先留传给我们的可怕的遗产。人们费了多年的工夫,还是难于运用。因为难,许多人便不理它了,甚至于连自己的姓也写不清是张还是章,或者简直不会写,或者说道:Chang。虽然能说话,而只有几个人听到,远处的人们便不知道,结果也等于无声。又因为难,有些人便当作宝贝,像玩把戏似的,之乎者也,只有几个人懂,——其实是不知道可真懂,而大多数的人们却不懂得,结果也等于无声。

文明人和野蛮人的分别,其一,是文明人有文字,能够把他们的思想,感情,藉此传给大众,传给将来。中国虽然有文字,现在却已经和大家不相干,用的是难懂的古文,讲的是陈旧的古意思,所有的声音,都是过去的,都就是只等于零的。所以,大家不能互相了解,正像一大盘散沙。

将文章当作古董,以不能使人认识,使人懂得为好,也许是有趣的事罢。但是,结果怎样呢?是我们已经不能将我们想说的话说出来。我们受了损害,受了侮辱,总是不能说出些应说的话。拿最近的事情来说,如中日战争,拳匪事件,民元革命这些大事件①,一直到现在,我们可有一部像样的著作?民国以来,也还是谁也不作声。反而在外国,倒常有说起中国的,但那都不是中国人自己的声音,是别人的声音。

这不能说话的毛病,在明朝是还没有这样厉害的;他们还比较地能够说些要说的话。待到满洲人以异族侵入中国,讲历史的,尤其是讲宋末的事情的人被杀害了,讲时事的自然也被杀害了。所以,到乾隆年间,人民

----

①中日战争:指 1894 年(甲午)日本军国主义侵略中国而引起的战争。拳匪事件:指 1900 年义和团反对帝国主义侵略的斗争。民元革命:即 1911 年(辛亥)孙中山领导的推翻清王朝、建立民国的民主革命。

大家便更不敢用文章来说话了①。所谓读书人，便只好躲起来读经，校刊古书，做些古时的文章，和当时毫无关系的文章。有些新意，也还是不行的；不是学韩，便是学苏。韩愈苏轼他们，用他们自己的文章来说当时要说的话，那当然可以的。我们却并非唐宋时人，怎么做和我们毫无关系的时候的文章呢。即使做得像，也是唐宋时代的声音，韩愈苏轼的声音，而不是我们现代的声音。然而直到现在，中国人却还耍着这样的旧戏法。人是有的，没有声音，寂寞得很。——人会没有声音的么？没有，可以说：是死了。倘要说得客气一点，那就是：已经哑了。

要恢复这多年无声的中国，是不容易的，正如命令一个死掉的人道："你活过来！"我虽然并不懂得宗教，但我以为正如想出现一个宗教上之所谓"奇迹"一样。

首先来尝试这工作的是"五四运动"前一年，胡适之先生所提倡的"文学革命"②。"革命"这两个字，在这里不知道可害怕，有些地方是一听到就害怕的。但这和文学两字连起来的"革命"，却没有法国革命③的"革命"那么可怕，不过是革新，改换一个字，就很平和了，我们就称为"文学革新"罢，中国文字上，这样的花样是很多的。那大意也并不可怕，不过说：我们不必再去费尽心机，学说古代的死人的话，要说现代的活人的话；不要将文章看作古董，要做容易懂得的白话的文章。然而，单是文学革新是

---

①指清初统治者多次施于汉族人民的文字狱，其中较著名的有康熙年间的"庄廷鑨之狱""戴名世之狱"，雍正年间的"吕留良曾静之狱"，乾隆年间的"胡中藻之狱"等。这些文字狱的起因，都是由于他们在著作中记载了汉族人民在历史上（特别是宋末和明末）反抗民族压迫的事实，或涉及了当时一些政治事件，因而遭到迫害和屠杀。

②胡适之(1891—1962)：名适，字适之，安徽绩溪人。他在五四时期是新文化运动右翼的代表人物。这里所说他提倡"文学革命"，是指他在《新青年》杂志第四卷第四号(1918 年 4 月)上发表的《建设的文学革命论》一文。

③法国革命：指 1789 年至 1794 年的法国资产阶级革命。这次革命摧毁了法国封建专制制度，促进了法国资本主义的发展，并推动了欧洲各国的革命。

不够的,因为腐败思想,能用古文做,也能用白话做。所以后来就有人提倡思想革新。思想革新的结果,是发生社会革新运动。这运动一发生,自然一面就发生反动,于是便酿成战斗……。

但是,在中国,刚刚提起文学革新,就有反动了。不过白话文却渐渐风行起来,不大受阻碍。这是怎么一回事呢?就因为当时又有钱玄同先生提倡废止汉字,用罗马字母来替代①。这本也不过是一种文字革新,很平常的,但被不喜欢改革的中国人听见,就大不得了了,于是便放过了比较的平和的文学革命,而竭力来骂钱玄同。白话乘了这一个机会,居然减去了许多敌人,反而没有阻碍,能够流行了。

中国人的性情是总喜欢调和,折中的。譬如你说,这屋子太暗,须在这里开一个窗,大家一定不允许的。但如果你主张拆掉屋顶,他们就会来调和,愿意开窗了。没有更激烈的主张,他们总连平和的改革也不肯行。那时白话文之得以通行,就因为有废掉中国字而用罗马字母的议论的缘故。

其实,文言和白话的优劣的讨论,本该早已过去了,但中国是总不肯早早解决的,到现在还有许多无谓的议论。例如,有的说:古文各省人都能懂,白话就各处不同,反而不能互相了解了。殊不知这只要教育普及和交通发达就好,那时就人人都能懂较为易解的白话文;至于古文,何尝各省人都能懂,便是一省里,也没有许多人懂得的。有的说:如果都用白话文,人们便不能看古书,中国的文化就灭亡了。其实呢,现在的人们大可

①钱玄同(1887—1939):浙江吴兴人,文字学家,五四时期新文化运动的积极参加者。他在1918年1月《新青年》第四卷第一号《论注音字母》一文中以过,"高等字典和中学以上的高深书籍,都应该用罗马字母记音";在同年四月《新青年》第四卷第四号《中国今后之文字问题》的"通信"中,提出"废灭汉文",代以世界语的主张。

以不必看古书，即使古书里真有好东西，也可以用白话来译出的，用不着那么心惊胆战。他们又有人说，外国尚且译中国书，足见其好，我们自己倒不看么？殊不知埃及的古书，外国人也译，非洲黑人的神话，外国人也译，他们别有用意，即使译出，也算不了怎样光荣的事的。

近来还有一种说法，是思想革新紧要，文字改革倒在其次，所以不如用浅显的文言来作新思想的文章，可以少招一重反对。这话似乎也有理。然而我们知道，连他长指甲都不肯剪去的人，是决不肯剪去他的辫子的。

因为我们说着古代的话，说着大家不明白，不听见的话，已经弄得像一盘散沙，痛痒不相关了。我们要活过来，首先就须由青年们不再说孔子孟子和韩愈柳宗元们的话。时代不同，情形也两样，孔子时代的香港不这样，孔子口调的"香港论"是无从做起的，"吁嗟阔哉香港也"，不过是笑话。

我们要说现代的，自己的话；用活着的白话，将自己的思想，感情直白地说出来。但是，这也要受前辈先生非笑的。他们说白话文卑鄙，没有价值；他们说年轻人作品幼稚，贻笑大方。我们中国能做文言的有多少呢，其余的都只能说白话，难道这许多中国人，就都是卑鄙，没有价值的么？至于幼稚，尤其没有什么可羞，正如孩子对于老人，毫没有什么可羞一样。幼稚是会生长，会成熟的，只不要衰老，腐败，就好。倘说待到纯熟了才可以动手，那是虽是村妇也不至于这样蠢。她的孩子学走路，即使跌倒了，她决不至于叫孩子从此躺在床上，待到学会了走法再下地面来的。

青年们先可以将中国变成一个有声的中国。大胆地说话，勇敢地进行，忘掉了一切利害，推开了古人，将自己的真心的话发表出来。——真，自然是不容易的。譬如态度，就不容易真，讲演时候就不是我的真态度，因为我对朋友，孩子说话时候的态度是不这样的。——但总可以说些较真的话，发些较真的声音。只有真的声音，才能感动中国的人和世界的

人；必须有了真的声音，才能和世界的人同在世界上生活。

我们试想现在没有声音的民族是那几种民族。我们可听到埃及人的声音？可听到安南，朝鲜的声音？印度除了泰戈尔①，别的声音可还有？

我们此后实在只有两条路：一是抱着古文而死掉，一是舍掉古文而生存。

---

①泰戈尔(R・A・Tagore,1861—1941)：印度诗人，著有诗集《新月集》《飞鸟集》《园丁集》和长篇小说《沉船》等。

习惯与改革①

体质和精神都已硬化了的人民,对于极小的一点改革,也无不加以阻挠,表面上好像恐怕于自己不便,其实是恐怕于自己不利,但所设的口实,却往往见得极其公正而且堂皇。

今年的禁用阴历②,原也是琐碎的,无关大体的事,但商家当然叫苦连天了。不特此也,连上海的无业游民,公司雇员,竟也常常慨然长叹,或者说这很不便于农家的耕种,或者说这很不便于海船的候潮。他们居然因此念起久不相干的乡下的农夫,海上的舟子来。这真像煞有些博爱。

一到阴历的十二月二十三,爆竹就到处毕毕剥剥。我问一家的店伙:

---

①本篇最初发表于 1930 年 3 月 1 日《萌芽月刊》第一卷第三期。
②禁用阴历:指 1929 年 10 月 7 日国民党当局发布的通令,其中规定:"凡商家帐目,民间契纸及一切签据,自十九年(按即 1930 年)1 月 1 日起一律适用国历,如附用阴历,法律即不生效。"

"今年仍可以过旧历年,明年一准过新历年么?"那回答是:"明年又是明年,要明年再看了。"他并不信明年非过阳历年不可。但日历上,却诚然删掉了阴历,只存节气。然而一面在报章上,则出现了《一百二十年阴阳合历》①的广告。好,他们连曾孙玄孙时代的阴历,也已经给准备妥当了,一百二十年!

梁实秋先生们虽然很讨厌多数,但多数的力量是伟大,要紧的,有志于改革者倘不深知民众的心,设法利导,改进,则无论怎样的高文宏议,浪漫古典②,都和他们无干,仅止于几个人在书房中互相叹赏,得些自己满足。假如竟有"好人政府"③,出令改革乎,不多久,就早被他们拉回旧道上去了。

真实的革命者,自有独到的见解,例如乌略诺夫先生④,他是将"风俗"和"习惯",都包括在"文化"之内的,并且以为改革这些,很为困难。我想,但倘不将这些改革,则这革命即等于无成,如沙上建塔,顷刻倒坏。中国最初的排满革命,所以易得响应者,因为口号是"光复旧物",就是"复古",易于取得保守的人民同意的缘故。但到后来,竟没有历史上定例的开国之初的盛世,只枉然失了一条辫子,就很为大家所不满了。以后较新的改革,就著著失败,改革一两,反动十斤,例如上述的一年日历上不准注阴历,却来了阴阳合历一百二十年。

这种合历,欢迎的人们一定是很多的,因为这是风俗和习惯所拥护,所以也有风俗和习惯的后援。别的事也如此,倘不深入民众的大层中,于

---

① 《一百二十年阴阳合历》:指《一百二十年阴阳历对照表》,中华学艺社编,上海华通书局印行。

② 浪漫古典:梁实秋曾出版过论文集《浪漫的与古典的》,宣扬白璧德的新人文主义。

③ "好人政府":是胡适等人于1922年5月提出的政治主张,是胡适等资产阶级自由主义者的自我标榜。

④ 乌略语夫:通译"乌里扬诺夫",即列宁。

他们的风俗习惯,加以研究,解剖,分别好坏,立存废的标准,而于存于废,都慎选施行的方法,则无论怎样的改革,都将为习惯的岩石所压碎,或者只在表面上浮游一些时。

现在已不是在书斋中,捧书本高谈宗教,法律,文艺,美术⋯⋯等等的时候了,即使要谈论这些,也必须先知道习惯和风俗,而且有正视这些的黑暗面的勇猛和毅力。因为倘不看清,就无从改革。仅大叫未来的光明,其实是欺骗怠慢的自己和怠慢的听众的。

"友邦惊诧"论①

　　只要略有知觉的人就都知道：这回学生的请愿②，是因为日本占据了辽吉，南京政府束手无策，单会去哀求国联③，而国联却正和日本是一伙。读书呀，读书呀，不错，学生是应该读书的，但一面也要大人老爷们不至于葬送土地，这才能够安心读书。报上不是说过，东北大学逃散，冯庸大学④逃散，日本兵看见学生模样的就枪毙吗？放下书包来请愿，真是已经

---

　　①本篇最初发表于 1931 年 12 月 25 日《十字街头》第二期，署名明瑟。
　　②指 1931 年 12 月间全国各地学生为反对蒋介石的不抵抗政策到南京请愿的事件。对于这次学生爱国行动，国民党政府于 12 月 5 日通令全国，禁止请愿；17 日当各地学生联合向国民党中央党部请愿时，又命令军警逮捕和枪杀请愿学生，当场打死 20 余人，打伤百余人；18 日还电令各地军政当局紧急处置请愿事件。
　　③"九一八"事变后，国民党政府多次向国联申诉，11 月 22 日当日军进攻锦州时，又向国联提议划锦州为中立区，以中国军队退入关内为条件请求日军停止进攻；12 月 15 日在日军继续进攻锦州时再度向国联申诉，请求它出面干涉，阻止日本帝国主义扩大侵华战争。
　　④冯庸大学：奉系军阀冯庸所创办的一所大学，1927 年在沈阳成立，1931 年"九一八"事变后停办。

可怜之至。不道国民党政府却在十二月十八日通电各地军政当局文里，又加上他们"捣毁机关，阻断交通，殴伤中委，拦劫汽车，攒击路人及公务人员，私逮刑讯，社会秩序，悉被破坏"的罪名，而且指出结果，说是"友邦人士，莫名惊诧，长此以往，国将不国"了！

好个"友邦人士"！日本帝国主义的兵队强占了辽吉，炮轰机关，他们不惊诧；阻断铁路，追炸客车，捕禁官吏，枪毙人民，他们不惊诧。中国国民党治下的连年内战，空前水灾，卖儿救穷，砍头示众，秘密杀戮，电刑逼供，他们也不惊诧。在学生的请愿中有一点纷扰，他们就惊诧了！

好个国民党政府的"友邦人士"！是些什么东西！

即使所举的罪状是真的罢，但这些事情，是无论哪一个"友邦"也都有的，他们的维持他们的"秩序"的监狱，就撕掉了他们的"文明"的面具。摆什么"惊诧"的臭脸孔呢？

可是"友邦人士"一惊诧，我们的国府就怕了，"长此以往，国将不国"了，好像失了东三省，党国倒愈像一个国，失了东三省谁也不响，党国倒愈像一个国，失了东三省只有几个学生上几篇"呈文"，党国倒愈像一个国，可以博得"友邦人士"的夸奖，永远"国"下去一样。

几句电文，说得明白极了：怎样的党国，怎样的"友邦"。"友邦"要我们人民身受宰割，寂然无声，略有"越轨"，便加屠戮；党国是要我们遵从这"友邦人士"的希望，否则，他就要"通电各地军政当局"，"即予紧急处置，不得于事后借口无法劝阻，敷衍塞责"了！

因为"友邦人士"是知道的：日兵"无法劝阻"，学生们怎会"无法劝阻"？每月一千八百万的军费，四百万的政费，做什么用的呀，"军政当局"呀？

写此文后刚一天，就见二十一日《申报》登载南京专电云："考试院部

员张以宽,盛传前日为学生架去重伤。兹据张自述,当时因车夫误会,为群众引至中大①。旋出校回寓,并无受伤之事。至行政院某秘书被拉到中大,亦当时出来,更无失踪之事。"而"教育消息"栏内,又记本埠一小部分学校赴京请愿学生死伤的确数,则云:"中公死二人,伤三十人,复旦伤二人,复旦附中伤十人,东亚失踪一人(系女性),上中失踪一人,伤三人,文生氏死一人,伤五人……"②可见学生并未如国府通电所说,将"社会秩序,破坏无余",而国府则不但依然能够镇压,而且依然能够诬陷,杀戮。"友邦人士",从此可以不必"惊诧莫名",只请放心来瓜分就是了。

一九三一年。

---

①中大:南京中央大学。
②中公,中国公学;复旦,复旦大学;复旦附中,复旦大学附属实验中学;东亚,东亚体育专科学校;上中,上海中学;文生氏,文生氏高等英文学校。

中华民国的新"堂·吉诃德"们①

十六世纪末尾的时候,西班牙的文人西万提斯②做了一大部小说叫作《堂·吉诃德》,说这位吉先生,看武侠小说看呆了,硬要去学古代的游侠,穿一身破甲,骑一匹瘦马,带一个跟丁,游来游去,想斩妖服怪,除暴安良。谁知当时已不是那么古气盎然的时候了,因此只落得闹了许多笑话,吃了许多苦头,终于上个大当,受了重伤,狼狈回来,死在家里,临死才知道自己不过一个平常人,并不是什么大侠客。

这一个古典,去年在中国曾经很被引用了一回,受到这个谥法的名人,似乎还有点很不高兴的样子。其实是,这种书呆子,乃是西班牙书呆

---

①本篇最初发表于 1932 年 1 月 20 日《北斗》第二卷第一期,署名不堂。
②西万提斯:通译"塞万提斯",欧洲文艺复兴时期的西班牙作家。他的代表作长篇小说《堂吉诃德》共两部,分别发表于 1605 年和 1615 年。

子,向来爱讲"中庸"的中国,是不会有的。西班牙人讲恋爱,就天天到女人窗下去唱歌,信旧教,就烧杀异端,一革命,就捣烂教堂,踢出皇帝。然而我们中国的文人学子,不是总说女人先来引诱他,诸教同源,保存庙产,宣统在革命之后,还许他许多年在宫里做皇帝吗?

记得先前的报章上,发表过几个店家的小伙计,看剑侠小说入了迷,忽然要到武当山①去学道的事,这倒很和"堂·吉诃德"相像的。但此后便看不见一点后文,不知道是也做出了许多奇迹,还是不久就又回到家里去了?以"中庸"的老例推测起来,大约以回了家为合式。

这以后的中国式的"堂·吉诃德"的出现,是"青年援马团"②。不是兵,他们偏要上战场;政府要诉诸国联③,他们偏要自己动手;政府不准去,他们偏要去;中国现在总算有一点铁路了,他们偏要一步一步地走过去;北方是冷的,他们偏只穿件夹袄;打仗的时候,兵器是顶要紧的,他们偏只着重精神。这一切等等,确是十分"堂·吉诃德"的了。然而究竟是中国的"堂·吉诃德",所以他只一个,他们是一团;送他的是嘲笑,送他们的是欢呼;迎他的是诧异,而迎他们的也是欢呼;他驻扎在深山中,他们驻扎在真茹镇;他在磨坊里打风磨,他们在常州玩梳篦,又见美女,何幸如之(见十二月《申报》《自由谈》)。其苦乐之不同,有如此者,呜呼!

①武当山:在湖北均县北,我国著名的道教胜地。旧小说中常把它描写成剑侠修炼的地方。
②"青年援马团":当时上海的一些青年组织了这个"青年援马团",要求参加东北的抗日军队对日军作战,但由于自身与外界的原因,这个团体不久就解散了。
③国联:"国际联盟"的简称。第一次世界大战后于1920年成立的国际政府间组织。它标榜以"促进国际合作、维持国际和平与安全"为目的,实际上是为英、法等帝国主义国家所控制并为其侵略政策服务的工具。第二次世界大战爆发后无形瓦解,1946年4月正式宣告解散。"九一八"事变后,它袒护日本帝国主义对中国的侵略,9月22日,蒋介石在南京市国民党党员大会上宣称:"此刻必须上下一致,先以公理对强权,以和平对野蛮,忍辱含愤,暂取逆来顺受态度,以待国际公理之判决。"

不错，中外古今的小说太多了，里面有"舆榇（chèn）"，有"截指"①，有"哭秦庭"②，有"对天立誓"。耳濡目染，诚然也不免来抬棺材，砍指头，哭孙陵③，宣誓出发的。然而五四运动时胡适之博士讲文学革命的时候，就已经要"不用古典"④，现在在行为上，似乎更可以不用了。

讲二十世纪战事的小说，旧一点的有雷马克的《西线无战事》，棱的《战争》⑤，新一点的有绥拉菲摩维支的《铁流》，法捷耶夫的《毁灭》，里面都没有这样的"青年团"，所以他们都实在打了仗。

①"舆榇"：在车子上载着空棺材，表示敢死的决心。"截指"：把手指砍下，也是表示坚决的意思。据 1931 年 11 月 21 日、22 日《申报》报导，"青年援马团"曾抬棺游行，并有人断指书写血书。

②"哭秦庭"：见《史记·伍子胥列传》，春秋时楚国臣子申包胥的故事。

③孙陵：孙中山陵墓，位于南京紫金山。

④"不用古典"：胡适在《文学改良刍议》一文中提出。

⑤雷马克（E·M·Remarque，1898～1970）：德国小说家。《西线无战事》是他描写第一次世界大战的小说，1929 年出版。棱：通译"雷恩"（L·Renn），德国小说家。《战争》以第一次世界大战为主题，1922 年出版。

经　验①

古人所传授下来的经验，有些实在是极可宝贵的，因为它曾经费去许多牺牲，而留给后人很大的益处。

偶然翻翻《本草纲目》，不禁想起了这一点。这一部书，是很普通的书，但里面却含有丰富的宝藏。自然，捕风捉影的记载，也是在所不免的，然而大部分的药品的功用，却由历久的经验，这才能够知道到这程度，而尤其惊人的是关于毒药的叙述。我们一向喜欢恭维古圣人，以为药物是由一个神农皇帝②独自尝出来的，他曾经一天遇到过七十二毒，但都有解法，没有毒死。这种传说，现在不能主宰人心了。人们大抵已经知道一切

---

① 本篇发表于 1933 年 7 月 15 日《申报月刊》，署名洛文。

② 神农皇帝：我国传说中的古代帝王。据《淮南子·修务训》："古者民茹草饮水，采树本之实，食蠃蚌之肉，时多疾病毒伤之害。于是神农乃始教民播种五谷，相土地宜燥湿肥土尧高下，尝百草之滋味，水泉之甘苦，令民知所避就。当此之时，一日而遇七十毒。"

文物,都是历来的无名氏所逐渐地造成。建筑,烹饪,渔猎,耕种,无不如此;医药也如此。这么一想,这事情可就大起来了:大约古人一有病,最初只好这样尝一点,那样尝一点,吃了毒的就死,吃了不相干的就无效,有的竟吃到了对症的就好起来,于是知道这是对于某一种病痛的药。这样地累积下去,乃有草创的纪录,后来渐成为庞大的书,如《本草纲目》就是。而且这书中的所记,又不独是中国的,还有阿剌伯(今作"阿拉伯")人的经验,有印度人的经验,则先前所用的牺牲之大,更可想而知了。

然而也有经过许多人经验之后,倒给了后人坏影响的,如俗语说"各人自扫门前雪,莫管他家瓦上霜"的便是其一。救急扶伤,一不小心,向来就很容易被人所诬陷,而还有一种坏经验的结果的歌诀,是"衙门八字开,有理无钱莫进来",于是人们就只要事不干己,还是远远地站开干净。我想,人们在社会里,当初是并不这样彼此漠不相关的,但因豺狼当道,事实上因此出过许多牺牲,后来就自然的都走到这条道路上去了。所以,在中国,尤其是在都市里,倘使路上有暴病倒地,或翻车摔伤的人,路人围观或甚至于高兴的人尽有,肯伸手来扶助一下的人却是极少的。这便是牺牲所换来的坏处。

总之,经验的所得的结果无论好坏,都要很大的牺牲,虽是小事情,也免不掉要付惊人的代价。例如近来有些看报的人,对于什么宣言,通电,讲演,谈话之类,无论它怎样骈四俪六,崇论宏议,也不去注意了,甚而还至于不但不注意,看了倒不过做做嘻笑的资料。这哪里有"始制文字,乃服衣裳"①一样重要呢,然而这一点点结果,却是牺牲了一大片地面,和许多人的生命财产换来的。生命,那当然是别人的生命,倘是自己,就得不

---

①"始制文字,乃服衣裳":语见《千字文》。

着这经验了。所以一切经验，是只有活人才能有的，我的决不上别人讥刺我怕死①，就去自杀或拼命的当，而必须写出这一点来，就为此。而且这也是小小的经验的结果。

六月十二日。

---

①梁实秋在《新月》第二卷第十一期发表的《鲁迅与牛》一文，借1930年4月8日中国自由运动大同盟为声援"四三"惨案（英国人在南京打死打伤中国工人的惨案）集会时，一工人被巡捕枪杀的事讥笑作者说："自由运动大同盟即是鲁迅先生领衔发起的，……这事发生之后，颇有人为鲁迅先生担心，因为不晓得流了'一滩鲜血'的究竟是那一位。……幸亏事实不久大明，死的不是'参加工农革命底实际行动的'左翼作家'，是一位'勇敢的工人'……鲁迅先生的'不卖肉主义'是老早言明在先的。"又法鲁在1933年6月11日《大晚报·火炬》发表的《到底要不要自由》中，也有这类含沙射影的话，参看《伪自由书·后记》。

谚　语①

　　粗略地一想,谚语固然好像一时代一国民的意思的结晶,但其实,却不过是一部分的人们的意思。现在就以"各人自扫门前雪,莫管他家瓦上霜"来做例子罢,这乃是被压迫者们的格言,教人要奉公,纳税,输捐,安分,不可怠慢,不可不平,尤其是不要管闲事;而压迫者是不算在内的。

　　专制者的反面就是奴才,有权时无所不为,失势时即奴性十足。孙皓②是特等的暴君,但降晋之后,简直像一个帮闲;宋徽宗③在位时,不可

---

①本篇发表于 1933 年 7 月 15 日《申报月刊》,署名洛文。

②孙皓(242—283):三国时吴国最后的皇帝。据《三国志·吴书·三嗣主传》,他在位时,"粗暴骄盈",常无故杀戮臣子和官人;降晋之后,被封为归命侯,甘受戏弄。《世说新语·排调》载:有一次,"晋武帝问孙皓:'闻南人好作《尔汝歌》,颇能为不? 皓正饮酒,因举觞对帝而言曰:昔与汝为邻,今与汝为臣,上汝一杯酒,令汝寿万春!'"

③宋徽宗(1082—1185):即赵佶,北宋皇帝。在位时,横暴凶残,骄奢淫侈;靖康二年(1127)为金兵所俘,被封为"昏德公",宫眷被"没为官婢"。他虽备受侮辱,却还不断向"金主"称臣,"具表称谢"(见《靖康稗史·呻吟语》)。

一世，而被掳后偏会含垢忍辱。做主子时以一切别人为奴才，则有了主子，一定以奴才自命：这是天经地义，无可动摇的。

所以被压制时，信奉着"各人自扫门前雪，莫管他家瓦上霜"的格言的人物，一旦得势，足以凌人的时候，他的行为就截然不同，变为"各人不扫门前雪，却管他家瓦上霜"了。

二十年来，我们常常看见：武将原是练兵打仗的，且不问他这兵是用以安内或攘外，总之他的"门前雪"是治军，然而他偏来干涉教育，主持道德；教育家原是办学的，无论他成绩如何，总之他的"门前雪"是学务，然而他偏去膜拜"活佛"，绍介国医。小百姓随军充伕，童子军沿门募款。头儿胡行于上，蚁民乱碰于下，结果是各人的门前都不成样，各家的瓦上也一团糟。

女人露出了臂膊和小腿，好像竟打动了贤人们的心，我记得曾有许多人絮絮叨叨，主张禁止过，后来也确有明文禁止了①。不料到得今年，却又"衣服蔽体已足，何必前拖后曳，消耗布匹，……顾念时艰，后患何堪设想"起来，四川的营山县长于是就令公安局派队一一剪掉行人的长衣的下截②。长衣原是累赘的东西，但以为不穿长衣，或剪去下截，即于"时艰"有补，却是一种特别的经济学。《汉书》上有一句云，"口含天宪"③，此之谓也。

某一种人，一定只有这某一种人的思想和眼光，不能越出他本阶级之

①1933年5月，广西民政厅曾公布法令，凡女子服装袖不过肘，裙不过膝者，均在取缔之列。
②当时四川军阀杨森提倡"短衣运动"，他管辖下的营山县县长罗象翕曾发布《禁穿长衫令》。这里所引即见于该项令文，令文中还说："着自四月十六日起，由公安局派队，随带剪刀，于城厢内外梭巡，遇有玩视禁令，仍着长服者，立即执行剪衣，勿稍瞻徇，倘敢有抗拒者，立即带县罚究，决不姑宽。"
③"口含天宪"：语见《后汉书·朱穆传》："当今中官近习，窃持国柄，手握王爵，口含天宪，运尝则使饿隶富于季孙，呼则伊、颜化为桀、跖。"据清代王先谦《后汉书集解》："天宪，王法也，谓刑戮出于其口也。"

外。说起来，好像又在提倡什么犯讳的阶级了，然而事实是如此的。谣谚并非全国民的意思，就为了这缘故。古之秀才，自以为无所不晓，于是有"秀才不出门，而知天下事"这自负的漫天大谎，小百姓信以为真，也就渐渐地成了谚语，流行开来。其实是"秀才虽出门，不知天下事"的。秀才只有秀才头脑和秀才眼睛，对于天下事，哪里看得分明，想得清楚。清末，因为想"维新"，常派些"人才"出洋去考察，我们现在看看他们的笔记罢，他们最以为奇的是什么馆里的蜡人能够和活人对面下棋①。南海圣人康有为，佼佼者也，他周游十一国，一直到得巴尔干，这才悟出外国之所以常有"弑君"之故来了，曰：因为宫墙太矮的缘故。

六月十三日。

---

①关于蜡人和活人下棋的事，见清朝出使各国考察政治大臣、礼部尚书戴鸿慈的《出使九国日记》（1906年北京第一书局出版）。该书"丙午（1906）正月二十一日"记有参观巴黎蜡人院的情况："午后往观蜡人院，院中蜡人甚多，或坐或立，神志如生。最妙者：一蜡像前置棋枰，能与人对弈。如对手欺之，故下一子不如式，则像即停子不下，若不豫状。其仍不改，即以手将棋子扫之。巧妙至此，诚可叹也！"

上海的少女①

在上海生活,穿时髦衣服的比土气的便宜。如果一身旧衣服,公共电车的车掌会不照你的话停车,公园看守会格外认真地检查入门券,大宅子或大客寓的门丁会不许你走正门。所以,有些人宁可居斗室,喂臭虫,一条洋服裤子却每晚必须压在枕头下,使两面裤腿上的折痕天天有棱角。

然而更便宜的是时髦的女人。这在商店里最看得出:挑选不完,决断不下,店员也还是很能忍耐的。不过时间太长,就须有一种必要的条件,是带着一点风骚,能受几句调笑。否则,也会终于引出普通的白眼来。

惯在上海生活了的女性,早已分明地自觉着这种自己所具的光荣,同时也明白着这种光荣中所含的危险。所以凡有时髦女子所表现的神气,

①本篇发表于1933年9月15日《申报月刊》,署名洛文。

是在招摇,也在固守,在罗致,也在抵御,像一切异性的亲人,也像一切异性的敌人,她在喜欢,也正在恼怒。这神气也传染了未成年的少女,我们有时会看见她们在店铺里购买东西,侧着头,佯嗔薄怒,如临大敌。自然,店员们是能像对于成年的女性一样,加以调笑的,而她也早明白着这调笑的意义。总之:她们大抵早熟了。

然而我们在日报上,确也常常看见诱拐女孩,甚而至于凌辱少女的新闻。

不但是《西游记》里的魔王,吃人的时候必须童男和童女而已,在人类中的富户豪家,也一向以童女为侍奉,纵欲,鸣高,寻仙,采补的材料,恰如食品的餍足了普通的肥甘,就想乳猪芽茶一样。现在这现象并且已经见于商人和工人里面了,但这乃是人们的生活不能顺遂的结果,应该以饥民的掘食草根树皮为比例,和富户豪家的纵恣的变态是不可同日而语的。

但是,要而言之,中国是连少女也进了险境了。这险境,更使她们早熟起来,精神已是成人,肢体却还是孩子。俄国的作家梭罗古勃曾经写过这一种类型的少女,说是还是小孩子,而眼睛却已经长大了①。然而我们中国的作家是另有一种称赞的写法的:所谓"娇小玲珑"者就是。

八月十二日。

---

①梭罗古勃在长篇小说《小鬼》中,描写过一群早熟的少女。

上海的儿童①

上海越界筑路②的北四川路一带，因为打仗，去年冷落了大半年，今年依然热闹了，店铺从法租界搬回，电影院早经开始，公园左近也常见携手同行的爱侣，这是去年夏天所没有的。

倘若走进住家的弄堂里去，就看见便溺器，吃食担，苍蝇成群地在飞，孩子成队地在闹，有剧烈的捣乱，有发达的骂詈(lì)，真是一个乱烘烘③的小世界。但一到大路上，映进眼帘来的却只是轩昂活泼地玩着走着的外国孩子，中国的儿童几乎看不见了。但也并非没有，只因为衣裤郎当，精神萎靡，被别人压得像影子一样，不能醒目了。

---

① 本篇发表于 1933 年 9 月 15 日《申报月刊》，署名洛文。
② 越界筑路：指当时上海租界当局在越出租界范围以外修筑马路。
③ 乱烘烘：现代汉语作"乱哄哄"。

中国中流的家庭，教孩子大抵只有两种法。其一，是任其跋扈，一点也不管，骂人固可，打人亦无不可，在门内或门前是暴主，是霸王，但到外面，便如失了网的蜘蛛一般，立刻毫无能力。其二，是终日给以冷遇或呵斥，甚而至于打扑，使他畏葸（xǐ）退缩，仿佛一个奴才，一个傀儡，然而父母却美其名曰"听话"，自以为是教育的成功，待到放他到外面来，则如暂出樊笼的小禽，他决不会飞鸣，也不会跳跃。

现在总算中国也有印给儿童看的画本了，其中的主角自然是儿童，然而画中人物，大抵倘不是带着横暴冥顽的气味，甚而至于流氓模样的，过度的恶作剧的顽童，就是钩头耸背，低眉顺眼，一副死板板的脸相的所谓"好孩子"。这虽然由于画家本领的欠缺，但也是取儿童为范本的，而从此又以作供给儿童仿效的范本。我们试一看别国的儿童画罢，英国沉着，德国粗豪，俄国雄厚，法国漂亮，日本聪明，都没有一点中国似的衰惫的气象。观民风是不但可以由诗文，也可以由图画，而且可以由不为人们所重的儿童画的。

顽劣，钝滞，都足以使人没落，灭亡。童年的情形，便是将来的命运。我们的新人物，讲恋爱，讲小家庭，讲自立，讲享乐了，但很少有人为儿女提出家庭教育的问题，学校教育的问题，社会改革的问题。先前的人，只知道"为儿孙作马牛"，固然是错误的，但只顾现在，不想将来，"任儿孙作马牛"，却不能不说是一个更大的错误。

八月十二日。

141

捣鬼心传[①]

中国人又很有些喜欢奇形怪状，鬼鬼祟祟的脾气，爱看古树发光比大麦开花的多，其实大麦开花他向来也没有看见过。于是怪胎畸形，就成为报章的好资料，替代了生物学的常识的位置了。最近在广告上所见的，有像所谓两头蛇似的两头四手的胎儿，还有从小肚上生出一只脚来的三脚汉子。固然，人有怪胎，也有畸形，然而造化的本领是有限的，他无论怎么怪，怎么畸，总有一个限制：李儿可以连背，连腹，连臀，连胁，或竟骈头，却不会将头生在屁股上；形可以骈拇，枝指，缺肢，多乳，却不会两脚之外添出一只脚来，好像"买两送一"的买卖。天实在不及人之能捣鬼。

但是，人的捣鬼，虽胜于天，而实际上本领也有限。因为捣鬼精义，在

---

①本篇发表于 1934 年 1 月 15 日《申报月刊》，署名罗怃。心传：佛教禅宗用语，指不借外物，只凭师徒心灵相通来传法授受。

切忌发挥，亦即必须含蓄。盖一加发挥，能使所捣之鬼分明，同时也生限制，故不如含蓄之深远，而影响却又因而模胡①了。"有一利必有一弊"，我之所谓"有限"者以此。

　　清朝人的笔记里，常说罗两峰的《鬼趣图》②，真写得鬼气拂拂；后来那图由文明书局印出来了，却不过一个奇瘦，一个矮胖，一个臃肿的模样，并不见得怎样的出奇，还不如只看笔记有趣。小说上的描摹鬼相，虽然竭力，也都不足以惊人，我觉得最可怕的还是晋人所记的脸无五官，浑沦如鸡蛋的山中厉鬼③。因为五官不过是五官，纵使苦心经营，要它凶恶，总也逃不出五官的范围，现在使它浑沦得莫名其妙，读者也就怕得莫名其妙了。然而其"弊"也，是印象的模胡。不过较之写些"青面獠牙"，"口鼻流血"的笨伯，自然聪明得远。

　　中华民国人的宣布罪状大抵是十条，然而结果大抵是无效。古来尽多坏人，十条不过如此，想引人的注意以至活动是决不会的。骆宾王作《讨武曌（zhào）檄》，那"入宫见嫉，蛾眉不肯让人，掩袖工谗，狐媚偏能惑主"这几句，恐怕是很费点心机的了，但相传武后看到这里，不过微微一笑④。是的，如此而已，又怎么样呢？声罪致讨的明文，那力量往往远不如交头接耳的密语，因为一是分明，一是莫测的。我想假使当时骆宾王站在大众之前，只是攒眉摇头，连称"坏极坏极"，却不说出其所谓坏的实例，恐怕那效力会在文章之上的罢。"狂飙文豪"高长虹攻击我时，说道劣迹

---

　　①模胡：现代汉语作"模糊"。下文同。

　　②罗两峰（1733—1799）：名聘，字遯（dùn）夫，江苏甘泉（今江都）人，清代画家，"扬州八怪"之一。《鬼趣图》，是一幅讽刺世态的画，当时不少文人曾为它题咏。

　　③这里所说的山中厉鬼，见南朝宋人郭季产的《集异记》："中山刘玄，居越城。日暮，忽见一人著乌袴褶来，取火照之，面首无七孔，面莽倪然。"（据鲁迅《古小说钩沉》）

　　④骆宾王（约638—?）：义乌（今属浙江）人，唐代诗人。曾随徐敬业反对武则天，著有《代徐敬业讨武曌檄》。据《新唐书·骆宾王传》，他"为敬业传檄天下，斥武后罪。后读，但嘻笑"。

多端,倘一发表,便即身败名裂①,而终于并不发表,是深得捣鬼正脉的;但也竟无大效者,则与广泛俱来的"模胡"之弊为之也。

明白了这两例,便知道治国平天下之法,在告诉大家以有法,而不可明白切实地说出何法来。因为一说出,即有言,一有言,便可与行相对照,所以不如示之以不测。不测的威棱使人萎伤,不测的妙法使人希望——饥荒时生病,打仗时做诗,虽若与治国平天下不相干,但在莫明其妙中,却能令人疑为跟着自有治国平天下的妙法在——然而其"弊"也,却还是照例的也能在模胡中疑心到所谓妙法,其实不过是毫无方法而已。

捣鬼有术,也有效,然而有限,所以以此成大事者,古来无有。

十一月二十二日。

----

①高长虹在《狂飙》第十七期(1927年1月)发表的《我走出了化石的世界》中说:"若夫其他琐事,如狂飙社以直报怨,则鲁迅不特身心交病,且将身败名裂矣! 我们是青年,我们有的是同情,所以我们决不为已甚。"

家庭为中国之基本[①]

　　中国的自己能酿酒,比自己来种鸦片早,但我们现在只听说许多人躺着吞云吐雾,却很少见有人像外国水兵似的满街发酒疯。唐宋的踢球,久已失传,一般的娱乐是躲在家里彻夜叉麻雀。从这两点看起来,我们在从露天下渐渐地躲进家里去,是无疑的。古之上海文人,已尝慨乎言之,曾出一联,索人属对,道:"三鸟害人鸦雀鸽","鸽"是彩票,雅号奖券,那时却称为"白鸽票"的。但我不知道后来有人对出了没有。

　　不过我们也并非满足于现状,是身处斗室之中,神驰宇宙之外,抽鸦片者享乐着幻境,叉麻雀者心仪于好牌。檐下放起爆竹,是在将月亮从天狗嘴里救出;剑仙坐在书斋里,哼的一声,一道白光,千万里外的敌人可被

---

　　①本篇发表于 1934 年 1 月 15 日《申报月刊》,署名罗怃。

杀掉了,不过飞剑还是回家,钻进原先的鼻孔去,因为下次还要用。这叫做千变万化,不离其宗。所以学校是从家庭里拉出子弟来,教成社会人才的地方,而一闹到不可开交的时候,还是"交家长严加管束"云。

"骨肉归于土,命也;若夫魂气,则无不之也,无不之也!"①一个人变了鬼,该可以随便一点了罢,而活人仍要烧一所纸房子,请他住进去,阔气的还有打牌桌,鸦片盘。成仙,这变化是很大的,但是刘太太偏舍不得老家,定要运动到"拔宅飞升"②,连鸡犬都带了上去而后已,好依然地管家务,饲狗,喂鸡。

我们的古今人,对于现状,实在也愿意有变化,承认其变化的。变鬼无法,成仙更佳,然而对于老家,却总是死也不肯放。我想,火药只做爆竹,指南针只看坟山,恐怕那原因就在此。

现在是火药蜕化为轰炸弹,烧夷弹,装在飞机上面了,我们却只能坐在家里等他落下来。自然,坐飞机的人是颇有了的,但他哪里是远征呢,他为的是可以快点回到家里去。

家是我们的生处,也是我们的死所。

十二月十六日。

①这段话见《礼记·檀弓下》:"骨肉归复于土,命也。若魄气则无不之也,无不之也。"
②"拔宅飞升":参见《全后汉文》中的《仙人唐公房碑》记载唐公房的故事;又东晋葛洪《神仙传》也有类似记载。

《礼》

《论"人言可畏"》

观 斗[①]

我们中国人总喜欢说自己爱和平，但其实，是爱斗争的，爱看别的东西斗争，也爱看自己们斗争。

最普通的是斗鸡，斗蟋蟀，南方有斗黄头鸟，斗画眉鸟，北方有斗鹌鹑，一群闲人们围着呆看，还因此赌输赢。古时候有斗鱼，现在变把戏的会使跳蚤打架。看今年的《东方杂志》[②]，才知道金华又有斗牛，不过和西班牙却两样的，西班牙是人和牛斗，我们是使牛和牛斗。

任他们斗争着，自己不与斗，只是看。

军阀们只管自己斗争着，人民不与闻，只是看。

然而军阀们也不是自己亲身在斗争，是使兵士们相斗争，所以频年恶

①本篇发表于1933年1月31日上海《申报·自由谈》，署名何家干。
②《东方杂志》：一个综合性刊物，1904年3月在上海创刊，1948年12月停刊，商务印书馆出版。

战,而头儿个个终于是好好的,忽而误会消释了,忽而杯酒言欢了,忽而共同御侮了,忽而立誓报国了,忽而……。不消说,忽而自然不免又打起来了。

然而人民一任他们玩把戏,只是看。

但我们的斗士,只有对于外敌却是两样的:近的,是"不抵抗",远的,是"负弩前驱"①云。

"不抵抗"在字面上已经说得明明白白。"负弩前驱"呢,弩机的制度早已失传了,必须待考古学家研究出来,制造起来,然后能够负,然后能够前驱。

还是留着国产的兵士和现买的军火,自己斗争下去罢。中国的人口多得很,暂时总有一些孑遗在看着的。但自然,倘要这样,则对于外敌,就一定非"爱和平"②不可。

一月二十四日。

①语见《逸周书》:"武王伐纣,散宜生、闳天负弩前驱。"当时国民党政府对日本侵略采取不抵抗政策,每当日军进攻,中国驻守军队大都奉命后退,如1933年1月3日日军进攻山海关时,当地驻军在四小时后即放弃要塞,不战而退。但远离前线的大小军阀却常故作姿态,扬言"抗日",如山海关沦陷后,在四川参加军阀混战和"剿匪"反共的田颂尧于1月20日发通电说:"准备为国效命,候中央明令,即负弩前驱。"

②爱和平:当时国民党当局常以"爱和平"的论调掩盖其投降卖国政策。

电的利弊[①]

日本幕府时代,曾大杀基督教徒,刑罚很凶,但不准发表,世无知者。到近几年,乃出版当时的文献不少。曾见《切利支丹殉教记》[②],其中记有拷问教徒的情形,或牵到温泉旁边,用热汤浇身;或周围生火,慢慢地烤炙,这本是"火刑",但主管者却将火移远,改死刑为虐杀了。

中国还有更残酷的。唐人说部中曾有记载,一县官拷问犯人,四周用火遥焙,口渴,就给他喝酱醋,这是比日本更进一步的办法。现在官厅拷问嫌疑犯,有用辣椒煎汁灌入鼻孔去的,似乎就是唐朝遗下的方法,或则是古今英雄,所见略同。曾见一个囚在反省院里的青年的信,说先前身受

---

①本篇发表于 1933 年 2 月《申报·自由谈》,署名何家干。
②《切利支丹殉教记》:原名《切利支丹的殉教者》,日本松崎实作,1922 年版;"切利支丹"为基督教及基督教徒的日文译名。

此刑,苦痛不堪,辣汁流入肺脏及心,已成不治之症,即释放亦不免于死云云。此人是陆军学生,不明内脏构造,其实倒挂灌鼻,可以由气管流入肺中,引起致死之病,却不能进入心中;大约当时因在苦楚中,知觉瞀(mào)乱,遂疑为已到心脏了。

但现在之所谓文明人所造的刑具,残酷又超出于此种方法万万。上海有电刑,一上,即遍身痛楚欲裂,遂昏去,少顷又醒,则又受刑。闻曾有连受七八次者,即幸而免死,亦从此牙齿皆摇动,神经亦变钝,不能复原。前年纪念爱迪生,许多人赞颂电报电话之有利于人,却没有想到同是一电,而有人得到这样的大害,福人用电气疗病,美容,而被压迫者却以此受苦,丧命也。

外国用火药制造子弹御敌,中国却用它做爆竹敬神;外国用罗盘针航海,中国却用它看风水;外国用鸦片医病,中国却拿来当饭吃。同是一种东西,而中外用法之不同有如此,盖不但电气而已。

一月三十一日。

推①

　　两三月前，报上好像登过一条新闻，说有一个卖报的孩子，踏上电车的踏脚去取报钱，误踹住了一个下来的客人的衣角，那人大怒，用力一推，孩子跌入车下，电车又刚刚走动，一时停不住，把孩子碾死了。

　　推倒孩子的人，却早已不知所往。但衣角会被踹住，可见穿的是长衫，即使不是"高等华人"，总该是属于上等的。

　　我们在上海路上走，时常会遇见两种横冲直撞，对于对面或前面的行人，决不稍让的人物。一种是不用两手，却只将直直的长脚，如入无人之境似的踏过来，倘不让开，他就会踏在你的肚子或肩膀上。这是洋大人，都是"高等"的，没有华人那样上下的区别。一种就是弯上他两条臂膊，手

---

　　①本篇发表于 1933 年 6 月《申报·自由谈》。

掌向外,像蝎子的两个钳一样,一路推过去,不管被推的人是跌在泥塘或火坑里。这就是我们的同胞,然而"上等"的,他坐电车,要坐二等所改的三等车,他看报,要看专登黑幕的小报,他坐着看得咽唾沫,但一走动,又是推。

上车,进门,买票,寄信,他推;出门,下车,避祸,逃难,他又推。推得女人孩子都踉踉跄跄,跌倒了,他就从活人上踏过,跌死了,他就从死尸上踏过,走出外面,用舌头舔舔自己的厚嘴唇,什么也不觉得。旧历端午,在一家戏场里,因为一句失火的谣言,就又是推,把十多个力量未足的少年踏死了。死尸摆在空地上,据说去看的又有万余人,人山人海,又是推。

推了的结果,是嘻开嘴巴,说道:"阿唷,好白相来希①呀!"

住在上海,想不遇到推与踏,是不能的,而且这推与踏也还要扩大开去。要推倒一切下等华人中的幼弱者,要踏倒一切下等华人。这时就只剩了高等华人颂祝着——

"阿唷,真好白相来希呀。为保全文化起见,是虽然牺牲任何物质,也不应该顾惜的——这些物质有什么重要性呢!"

六月八日。

---

① 好白相来希:上海话,意为"好玩得很"。

二丑艺术①

　　浙东的有一处的戏班中,有一种脚色②叫作"二花脸",译得雅一点,那么,"二丑"就是。他和小丑的不同,是不扮横行无忌的花花公子,也不扮一味仗势的宰相家丁,他所扮演的是保护公子的拳师,或是趋奉公子的清客。总之:身分比小丑高,而性格却比小丑坏。

　　义仆是老生扮的,先以谏诤,终以殉主;恶仆是小丑扮的,只会作恶,到底灭亡。而二丑的本领却不同,他有点上等人模样,也懂些琴棋书画,也来得行令猜谜,但倚靠的是权门,凌蔑的是百姓,有谁被压迫了,他就来冷笑几声,畅快一下,有谁被陷害了,他又去吓唬一下,吆喝几声。不过他的态度又并不常常如此的,大抵一面又回过脸来,向台下的看客指出他公

---

①本篇发表于 1933 年 6 月《申报·自由谈》。
②脚色:现代汉语作"角色"。

子的缺点,摇着头装起鬼脸道:你看这家伙,这回可要倒霉哩!

这最末的一手,是二丑的特色。因为他没有义仆的愚笨,也没有恶仆的简单,他是智识阶级。他明知道自己所靠的是冰山,一定不能长久,他将来还要到别家帮闲,所以当受着豢养,分着余炎的时候,也得装着和这贵公子并非一伙。

二丑们编出来的戏本上,当然没有这一种脚色的,他哪里肯;小丑,即花花公子们编出来的戏本,也不会有,因为他们只看见一面,想不到的。这二花脸,乃是小百姓看透了这一种人,提出精华来,制定了的脚色。

世间只要有权门,一定有恶势力,有恶势力,就一定有二花脸,而且有二花脸艺术。我们只要取一种刊物,看他一个星期,就会发见他忽而怨恨春天,忽而颂扬战争,忽而译萧伯纳演说,忽而讲婚姻问题;但其间一定有时要慷慨激昂地表示对于国事的不满:这就是用出末一手来了。

这最末的一手,一面也在遮掩他并不是帮闲,然而小百姓是明白的,早已使他的类型在戏台上出现了。

六月十五日。

礼^①

看报,是有益的,虽然有时也沉闷。例如罢,中国是世界上国耻纪念最多的国家,到这一天,报上照例得有几块记载,几篇文章。但这事真也闹得太重叠,太长久了,就很容易千篇一律,这一回可用,下一回也可用,去年用过了,明年也许还可用,只要没有新事情。即使有了,成文恐怕也仍然可以用,因为反正总只能说这几句话。所以倘不是健忘的人,就会觉得沉闷,看不出新的启示来。

然而我还是看。今天偶然看见北京追悼抗日英雄邓文^②的记事,首先是报告,其次是演讲,最末,是"礼成,奏乐散会"。

我于是得了新的启示:凡纪念,"礼"而已矣。

---

① 本篇发表于 1933 年 9 月《申报·自由谈》。
② 邓文:当时东北军马占山部的骑兵师长,1933 年 7 月 31 日在张家口被暗杀。

中国原是"礼义之邦",关于礼的书,就有三大部①,连在外国也译出了,我真特别佩服《仪礼》的翻译者。事君,现在可以不谈了;事亲,当然要尽孝,但殁后的办法,则已归入祭礼中,各有仪,就是现在的拜忌日,做阴寿之类。新的忌日添出来,旧的忌日就淡一点,"新鬼大,故鬼小"②也。我们的纪念日也是对于旧的几个比较的不起劲,而新的几个之归于淡漠,则只好以俟将来,和人家的拜忌辰是一样的。有人说,中国的国家以家族为基础,真是有识见。

中国又原是"礼让为国"③的,既有礼,就必能让,而愈能让,礼也就愈繁了。总之,这一节不说也罢。

古时候,或以黄老治天下,或以孝治天下。现在呢,恐怕是入于以礼治天下的时期了,明乎此,就知道责备民众的对于纪念日的淡漠是错的,《礼》曰:"礼不下庶人"④;舍不得物质上的什么东西也是错的,孔子不云乎:"赐也尔爱其羊,我爱其礼!"⑤

"非礼勿视,非礼勿听,非礼勿言,非礼勿动",静静地等着别人的"多行不义,必自毙"⑥,礼也。

　　　　　　　　　　　　　　　　　　　　九月二十日。

---

①关于礼的书,就有三大部:指《周礼》《仪礼》《礼记》。
②"新鬼大,故鬼小":见《左传》文公二年。
③"礼让为国":语出《论语·里仁》。意为"用礼让的道理来治国"。
④"礼不下庶人":语见《礼记·曲礼》。意为"庶人没有资格受到礼遇"。
⑤"赐也尔爱其羊,我爱其礼!":语见《论语·八佾》。意为"赐啊! 你爱的是那只羊,我爱的则是礼"。
⑥"多行不义,必自毙":语见《左传》隐公元年。意为"坏事干多了,结果是自己找死"。

运 命①

电影"《姊妹花》"②中的穷老太婆对她的穷女儿说:'穷人终是穷人,你要忍耐些!'"宗汉③先生慨然指出,名之曰"穷人哲学"(见《大晚报》)。

自然,这是教人安贫的,那根据是"运命"。古今圣贤的主张此说者已经不在少数了,但是不安贫的穷人也"终是"很不少。"智者千虑,必有一失",这里的"失",是在非到盖棺之后,一个人的运命"终是"不可知。

豫言④运命者也未尝没有人,看相的,排八字的,到处都是。然而他们对于主顾,肯断定他穷到底的是很少的,即使有,大家的学说又不能相一致,甲说当穷,乙却说当富,这就使穷人不能确信他将来的一定的运命。

①本篇发表于1934年2月《申报·自由谈》,署名倪朔尔。
②郑正秋根据舞台剧《贵人与犯人》改编和导演的电影。
③宗汉即邵宗汉,江苏武进人,新闻工作者。
④豫言:现代汉语作"预言"。

不信运命,就不能"安分",穷人买奖券,便是一种"非分之想"。但这于国家,现在是不能说没有益处的。不过"有一利必有一弊",运命既然不可知,穷人又何妨想做皇帝,这就使中国出现了《推背图》①。据宋人说,五代时候,许多人都看了这图给自己的儿子取名字,希望应着将来的吉兆,直到宋太宗抽乱了一百本,与别本一同流通,读者见次序多不相同,莫衷一是,这才不再珍藏了。然而九一八那时,上海却还大卖着《推背图》的新印本。

"安贫"诚然是天下太平的要道,但倘使无法指定究竟的运命,总不能令人死心塌地。现在的优生学②,本可以说是科学的了,中国也正有人提倡着,冀以济运命说之穷,而历史又偏偏不挣气③,汉高祖的父亲并非皇帝,李白的儿子也不是诗人;还有立志传,絮絮叨叨的在对人讲西洋的谁以冒险成功,谁又以空手致富。

运命说之毫不足以治国平天下,是有明明白白的履历的。倘若还要用它来做工具,那中国的运命可真要"穷"极无聊了。

二月二十三日。

---

①《推背图》:中华预言第一奇书,传说它是唐太宗李世民为推算大唐国运,下令当时两位著名的天相家李淳风和袁天罡编写的。李淳风用周易八卦进行推算,没想到一算起来就上了瘾,一发不可收拾,竟推算到了唐以后中国2000多年的命运,直到袁天罡推他的背,说道:"天机不可再泄,还是回去休息吧!",因此这本预言奇书得名《推背图》。
②优生学:英国哥尔登创立的学说,他认为人或人种在生理和智力上的差别由遗传所决定,研究如何改进人类的遗传性。
③"挣气":现代汉语作"争气"。

骂杀与捧杀①

现在有些不满于文学批评的,总说近几年的所谓批评,不外乎捧与骂。

其实所谓捧与骂者,不过是将称赞与攻击,换了两个不好看的字眼。指英雄为英雄,说娼妇是娼妇,表面上虽像捧与骂,实则说得刚刚合适,不能责备批评家的。批评家的错处,是在乱骂与乱捧,例如说英雄是娼妇,举娼妇为英雄。

批评的失了威力,由于"乱",甚而至于"乱"到和事实相反,这底细一被大家看出,那效果有时也就相反了。所以现在被骂杀的少,被捧杀的却多。

人古而事近的,就是袁中郎。这一班明末的作家,在文学史上,是自

①本篇最初发表于 1934 年 11 月 22 日《中华日报·动向》。

有他们的价值和地位的。而不幸被一群学者们捧了出来，颂扬，标点，印刷，"色借，日月借，烛借，青黄借，眼色无常。声借，钟鼓借，枯竹窍借……"①"借"得他一榻胡涂，正如在中郎脸上，画上花脸，却指给大家看，啧啧赞叹道："看哪，这多么'性灵'呀！"对于中郎的本质，自然是并无关系的，但在未经别人将花脸洗清之前，这"中郎"总不免招人好笑，大触其霉头。

人近而事古的，我记起了泰戈尔②。他到中国来了，开坛讲演，人给他摆出一张琴，烧上一炉香，左有林长民，右有徐志摩，各各头戴印度帽。徐诗人开始绍介了："嗃(dào)！叽哩咕噜，白云清风，银磬……当！"说得他好像活神仙一样，于是我们的地上的青年们失望，离开了。神仙和凡人，怎能不离开呢？但我今年看见他论苏联的文章，自己声明道："我是一个英国治下的印度人。"他自己知道得明明白白。大约他到中国来的时候，决不至于还胡涂，如果我们的诗人诸公不将他制成一个活神仙，青年们对于他是不至于如此隔膜的。现在可是老大的晦气。

以学者或诗人的招牌，来批评或介绍一个作者，开初是很能够蒙混旁人的，但待到旁人看清了这作者的真相的时候，却只剩了他自己的不诚恳，或学识的不够了。然而如果没有旁人来指明真相呢，这作家就从此被捧杀，不知道要多少年后才翻身。

十一月十九日。

---

①当时刘大杰标点、林语堂校阅的《袁中郎全集》断句错误甚多。这里的引文是该书《广庄·齐物论》中的一段；标点应为："色借日月，借烛，借青黄，借眼；色无常。声借钟鼓，借枯竹窍，借……"。曹聚仁曾在1934年11月13日《中华日报·动向》上发表《标点三不朽》一文，指出刘大杰标点本的这个错误。

②泰戈尔(R·Tagore，1861—1941)：印度诗人。著有《新月集》《园丁集》《飞鸟集》等。1924年到中国旅行。1930年访问苏联，作有《俄罗斯书简》(1931年出版)，其中说过自己是"英国的臣民"的话。

拿来主义①

中国一向是所谓"闭关主义"②,自己不去,别人也不许来。自从给枪炮打破了大门之后,又碰了一串钉子,到现在,成了什么都是"送去主义"③了。别的且不说罢,单是学艺④上的东西,近来就先送一批古董到巴黎去展览⑤,但终"不知后事如何";还有几位"大师"们捧着几张古画和新画,在欧洲各国一路的挂过去,叫作"发扬国光"⑥。听说不远还要送梅兰

---

①本篇发表于 1934 年 6 月《中华日报·动向》,署名霍冲。
②"闭关主义":指清政府奉行的闭关自守政策。
③"送去主义":指鸦片战争后,清政府与英,法,俄,日,美,德,意等国家相继签定一系列丧权辱国的不平等条约。
④学艺:泛指文学艺术。
⑤指当时国民政府在巴黎举办的中国古典艺术展览。
⑥"发扬国光":1932 年至 1934 年间,美术家徐悲鸿、刘海粟曾分别去欧洲国家举办美术展览。"发扬国光"是 1934 年 5 月 28 日《大晚报》报道这些消息时的用语。

芳博士到苏联去,以催进"象征主义"①,此后是顺便到欧洲传道。我在这里不想讨论梅博士演艺和象征主义的关系,总之,活人替代了古董,我敢说,也可以算得显出一点进步了。

但我们没有人根据了"礼尚往来"②的仪节,说道:拿来!

当然,能够只是送出去,也不算坏事情,一者见得丰富,二者见得大度③。尼采④就自诩过他是太阳,光热无穷,只是给与,不想取得。然而尼采究竟不是太阳,他发了疯。中国也不是,虽然有人说,掘起地下的煤来,就足够全世界几百年之用,但是,几百年之后呢?几百年之后,我们当然是化为魂灵,或上天堂,或落了地狱,但我们的子孙是在的,所以还应该给他们留下一点礼品。要不然,则当佳节大典之际,他们拿不出东西来,只好磕头贺喜,讨一点残羹冷炙做奖赏。

这种奖赏,不要误解为"抛来"的东西,这是"抛给"的,说得冠冕些,可以称之为"送来",我在这里不想举出实例。

我在这里也并不想对于"送去"再说什么,否则太不"摩登"了。我只想鼓吹我们再吝啬一点,"送去"之外,还得"拿来",是为"拿来主义"。

但我们被"送来"的东西吓怕了。先有英国的鸦片,德国的废枪炮,后有法国的香粉,美国的电影,日本的印着"完全国货"的各种小东西。于是连清醒的青年们,也对于洋货发生了恐怖。其实,这正是因为那是"送来"的,而不是"拿来"的缘故。

所以我们要运用脑髓,放出眼光,自己来拿!

譬如罢,我们之中的一个穷青年,因为祖上的阴功⑤(姑且让我这么

①"象征主义":用于讽刺1934年5月28日《大晚报》对于梅兰芳一事的歪曲报道。
②"礼尚往来":社会交往中应当有来有往。
③大度:大方,气量宽宏。
④尼采(Friedrich W·Nietzsche,1844—1900):德国哲学家,唯意志论和"超人"哲学的鼓吹者。这里所述尼采的话,见于他的《查拉图斯特拉如是说·序言》。
⑤阴功:同"阴德",指在人世间所做的而在阴间可以记功的好事。

说说罢），得了一所大宅子，且不问他是骗来的，抢来的，或合法继承的，或是做了女婿换来的①。那么，怎么办呢？我想，首先是不管三七二十一，"拿来"！但是，如果反对这宅子的旧主人，怕给他的东西染污了，徘徊不敢走进门，是孱头②；勃然大怒，放一把火烧光，算是保存自己的清白，则是昏蛋。不过因为原是羡慕这宅子的旧主人的，而这回接受一切，欣欣然的蹩进卧室，大吸剩下的鸦片，那当然更是废物。"拿来主义"者是全不这样的。

他占有，挑选。看见鱼翅③，并不就抛在路上以显其"平民化"，只要有养料，也和朋友们像萝卜白菜一样的吃掉，只不用它来宴大宾；看见鸦片④，也不当众摔在毛厕里，以见其彻底革命，只送到药房里去，以供治病之用，却不弄"出售存膏，售完即止"的玄虚。只有烟枪⑤和烟灯，虽然形式和印度，波斯，阿剌伯的烟具都不同，确可以算是一种国粹⑥，倘使背着周游世界，一定会有人看，但我想，除了送一点进博物馆之外，其余的是大可以毁掉的了。还有一群姨太太，也大以请她们各自走散为是，要不然，"拿来主义"怕未免有些危机。

总之，我们要拿来。我们要或使用，或存放，或毁灭。那么，主人是新主人，宅子也就会成为新宅子。然而首先要这人沉着，勇猛，有辨别，不自私。没有拿来的，人不能自成为新人，没有拿来的，文艺不能自成为新文艺。

六月四日。

---

①做了女婿换来的：这里是讽刺作富家翁的女婿而炫耀于人的邵洵美等人。

②孱头：指懦弱无能、害怕借鉴、拒绝继承的逃避主义者。

③鱼翅：指文化中有用的精华部分。

④鸦片：指文化中有益又有害的一类事物。

⑤烟枪：指文化中有害的糟粕部分。后文的"烟灯""姨太太"意同。

⑥国粹：指一个国家固有文化中的精华。

中国人失掉自信力了吗[①]

　　从公开的文字上看起来：两年以前，我们总自夸着"地大物博"，是事实；不久就不再自夸了，只希望着国联，也是事实；现在是既不夸自己，也不信国联，改为一味求神拜佛，怀古伤今了——却也是事实。

　　于是有人慨叹曰：中国人失掉自信力了[②]。

　　如果单据这一点现象而论，自信其实是早就失掉了的。先前信"地"，信"物"，后来信"国联"，都没有相信过"自己"。假使这也算一种"信"，那也只能说中国人曾经有过"他信力"，自从对国联失望之后，便把这他信力

　　①选自《且介亭杂文》（《鲁迅全集》第6卷，人民文学出版社1981年版）。本篇最初发表于1934年10月20日《太白》半月刊第一卷第三期，署名公汗。

　　②中国人失掉自信力了：当时舆论界曾有过这类论调，如1934年8月27日《大公报》社评《孔子诞辰纪念》中说："民族的自尊心与自信力，既已荡焉无存，不待外侮之来，国家固早已濒于精神幻灭之域。"

都失掉了。

失掉了他信力,就会疑,一个转身,也许能够只相信了自己,倒是一条新生路,但不幸的是逐渐玄虚起来了。信"地"和"物",还是切实的东西,国联就渺茫,不过这还可以令人不久就省悟到依赖它的不可靠。一到求神拜佛①,可就玄虚之至了,有益或是有害,一时就找不出分明的结果来,它可以令人更长久的麻醉着自己。

中国人现在是在发展着"自欺力"。

"自欺"也并非现在的新东西,现在只不过日见其明显,笼罩了一切罢了。然而,在这笼罩之下,我们有并不失掉自信力的中国人在。

我们从古以来,就有埋头苦干的人,有拼命②硬干的人,有为民请命的人,有舍身求法的人,……虽是等于为帝王将相作家谱的所谓"正史"③,也往往掩不住他们的光耀,这就是中国的脊梁。

这一类的人们,就是现在也何尝少呢? 他们有确信,不自欺;他们在前仆后继的战斗,不过一面总在被摧残,被抹杀,消灭于黑暗中,不能为大家所知道罢了。说中国人失掉了自信力,用以指一部分人则可,倘若加于全体,那简直是诬蔑。

要论中国人,必须不被搽在表面的自欺欺人的脂粉所诓骗,却看看他的筋骨和脊梁。自信力的有无,状元宰相的文章是不足为据的,要自己去看地底下。

九月二十五日。

---

①求神拜佛:当时一些国民党官僚和"社会名流",以祈祷"解救国难"为名,多次在一些大城市举办"时轮金刚法会""仁王护国法会"等。

②拼命:现代汉语作"拼命"。

③"正史":清高宗(乾隆)诏定从《史记》到《明史》共二十四部纪传体史书为正史,即二十四史。梁启超在《中国史界革命案》中说:"二十四史非史也,二十四姓之家谱而已。"

说"面子"①

　　"面子",是我们在谈话里常常听到的,因为好像一听就懂,所以细想的人大约不很多。

　　但近来从外国人的嘴里,有时也听到这两个音,他们似乎在研究。他们以为这一件事情,很不容易懂,然而是中国精神的纲领,只要抓住这个,就像二十四年前的拔住了辫子一样,全身都跟着走动了。相传前清时候,洋人到总理衙门去要求利益,一通威吓,吓得大官们满口答应,但临走时,却被从边门送出去。不给他走正门,就是他没有面子;他既然没有了面子,自然就是中国有了面子,也就是占了上风了。这是不是事实,我断不定,但这故事,"中外人士"中是颇有些人知道的。

---

　　①本篇发表于 1934 年 10 月上海《漫画生活》月刊。

因此，我颇疑心他们想专将"面子"给我们。

但"面子"究竟是怎么一回事呢？不想还好，一想可就觉得胡涂。它像是很有好几种的，每一种身份，就有一种"面子"，也就是所谓"脸"。这"脸"有一条界线，如果落到这线的下面去了，即失了面子，也叫作"丢脸"。不怕"丢脸"，便是"不要脸"。但倘使做了超出这线以上的事，就"有面子"，或曰"露脸"。而"丢脸"之道，则因人而不同，例如车夫坐在路边赤膊捉虱子，并不算什么，富家姑爷坐在路边赤膊捉虱子，才成为"丢脸"。但车夫也并非没有"脸"，不过这时不算"丢"，要给老婆踢了一脚，就躺倒哭起来，这才成为他的"丢脸"。这一条"丢脸"律，是也适用于上等人的。这样看来，"丢脸"的机会，似乎上等人比较的多，但也不一定，例如车夫偷一个钱袋，被人发见，是失了面子的，而上等人大捞一批金珠珍玩，却仿佛也不见得怎样"丢脸"，况且还有"出洋考察"①，是改头换面的良方。

谁都要"面子"，当然也可以说是好事情，但"面子"这东西，却实在有些怪。九月三十日的《申报》就告诉我们一条新闻：沪西有业木匠大包作头之罗立鸿，为其母出殡，邀开"贳器店之王树宝夫妇帮忙，因来宾众多，所备白衣，不敷分配，其时适有名王道才，绰号三喜子，亦到来送殡，争穿白衣不遂，以为有失体面，心中怀恨，……邀集徒党数十人，各执铁棍，据说尚有持手枪者多人，将王树宝家人乱打，一时双方有剧烈之战争，头破血流，多人受有重伤。……"白衣是亲族有服者所穿的，现在必须"争穿"而又"不遂"，足见并非亲族，但竟以为"有失体面"，演成这样的大战了。这时候，好像只要和普通有些不同便是"有面子"，而自己成了什么，却可

①"出洋考察"：旧时的军阀、政客在失势或失意时暂时隐退的借口，也有并非真正"出洋"，只是以求保全面子的。

以完全不管。这类脾气,是"绅商"也不免发露的:袁世凯将要称帝的时候,有人以列名于劝进表中为"有面子";有一国①从青岛撤兵的时候,有人以列名于万民伞上为"有面子"。

所以,要"面子"也可以说并不一定是好事情——但我并非说,人应该"不要脸"。现在说话难,如果主张"非孝",就有人会说你在煽动打父母,主张男女平等,就有人会说你在提倡乱交——这声明是万不可少的。

况且,"要面子"和"不要脸"实在也可以有很难分辨的时候。不是有一个笑话么?一个绅士有钱有势,我假定他叫四大人罢,人们都以能够和他攀谈为荣。有一个专爱夸耀的小瘪三,一天高兴地告诉别人道:"四大人和我讲过话了!"人问他"说什么呢?"答道:"我站在他门口,四大人出来了,对我说:滚开去!"当然,这是笑话,是形容这人的"不要脸",但在他本人,是以为"有面子"的,如此的人一多,也就真成为"有面子"了。别的许多人,不是四大人连"滚开去"也不对他说么?

在上海,"吃外国火腿"②虽然还不是"有面子",却也不算怎么"丢脸"了,然而比起被一个本国的下等人所踢来,又仿佛近于"有面子"。

中国人要"面子",是好的,可惜的是这"面子"是"圆机活法"③,善于变化,于是就和"不要脸"混起来了。长谷川如是闲说"盗泉"云:"古之君子,恶其名而不饮,今之君子,改其名而饮之。"也说穿了"今之君子"的"面子"的秘密。

十月四日。

----

①有一国:指日本。
②"吃外国火腿":上海俗语,意为"被外国人所踢"。
③"圆机活法":随机应变的方法,语见《庄子·盗跖》。

在现代中国的孔夫子^①

　　新近的上海的报纸，报告着因为日本的汤岛^②，孔子的圣庙落成了，湖南省主席何键^③将军就寄赠了一幅向来珍藏的孔子的画像。老实说，中国的一般的人民，关于孔子是怎样的相貌，倒几乎是毫无所知的。自古以来，虽然每一县一定有圣庙，即文庙，但那里面大抵并没有圣像。凡是绘画，或者雕塑应该崇敬的人物时，一般是以大于常人为原则的，但一到最应崇敬的人物，例如孔夫子那样的圣人，却好像连形象也成为亵渎，反不如没有的好。这也不是没有道理的。孔夫子没有留下照相来，自然不

----

　　①本篇首发于 1935 年 6 月号日本《改造》月刊，日文版。1935 年 7 月中译文于日本东京出版的《杂文》月刊第二号发表，当时题为《孔夫子在现代中国》。
　　②汤岛：东京的街名，建有日本最大的孔庙"汤岛圣堂"。该庙于 1923 年被烧毁，1935 年 4 月重建落成时国民党政府曾派代表专程前往"参谒"。
　　③何键（1887—1956）：字芸樵，湖南醴陵人，国民党军阀。当时任国民党湖南省政府主席。

能明白真正的相貌,文献中虽然偶有记载,但是胡说白道也说不定。若是从新雕塑的话,则除了任凭雕塑者的空想而外,毫无办法,更加放心不下。于是儒者们也终于只好采取"全部,或全无"的勃兰特式的态度了。

然而倘是画像,却也会间或遇见的。我曾经见过三次:一次是《孔子家语》①里的插画;一次是梁启超氏亡命日本时,作为横滨出版的《清议报》上的卷头画,从日本倒输入中国来的;还有一次是刻在汉朝墓石上的孔子见老子的画像。说起从这些图画上所得的孔夫子的模样的印象来,则这位先生是一位很瘦的老头子,身穿大袖口的长袍子,腰带上插着一把剑,或者腋下挟着一枝杖,然而从来不笑,非常威风凛凛的。假使在他的旁边侍坐,那就一定得把腰骨挺得笔直,经过两三点钟,就骨节酸痛,倘是平常人,大约总不免急于逃走的了。

后来我曾到山东旅行。在为道路的不平所苦的时候,忽然想到了我们的孔夫子。一想起那具有俨然道貌的圣人,先前便是坐着简陋的车子,颠颠簸簸,在这些地方奔忙的事来,颇有滑稽之感。这种感想,自然是不好的,要而言之,颇近于不敬,倘是孔子之徒,恐怕是决不应该发生的。但在那时候,怀着我似的不规矩的心情的青年,可是多得很。

我出世的时候是清朝的末年,孔夫子已经有了"大成至圣文宣王"②这一个阔得可怕的头衔,不消说,正是圣道支配了全国的时代。政府对于读书的人们,使读一定的书,即四书和五经③;使遵守一定的注释;使写一

①《孔子家语》:原书二十七卷,久佚,今本为三国魏王肃所辑,十卷。内容是关于孔子言行的记载,大都辑自《论语》《左传》《国语》《礼记》等书。
②"大成至圣文宣王":唐开元二十七年(739)追谥孔子为"文宣王",元大德十一年(1307)又加谥为"大成至圣文宣王"。
③四书:指《大学》《中庸》《论语》《孟子》。北宋时程颢、程颐特别推崇《礼记》中的《大学》《中庸》两篇,南宋朱熹又将这两篇和《论语》《孟子》合在一起,撰写《四书章句集注》,自此便有了"四书"这个名称。五经,即《诗经》《尚书》《礼记》《周易》《春秋》的合称,汉武帝时始有此称。

定的文章,即所谓"八股文"①;并且使发一定的议论。然而这些千篇一律的儒者们,倘是四方的大地,那是很知道的,但一到圆形的地球,却什么也不知道,于是和四书上并无记载的法兰西和英吉利打仗而失败了。不知道为了觉得与其拜着孔夫子而死,倒不如保存自己们之为得计呢,还是为了什么,总而言之,这回是拼命尊孔的政府和官僚先就动摇起来,用官帑(tǎng)大翻起洋鬼子的书籍来了。属于科学上的古典之作的,则有侯失勒的《谈天》,雷侠儿的《地学浅释》,代那的《金石识别》②,到现在也还作为那时的遗物,间或躺在旧书铺子里。

然而一定有反动。清末之所谓儒者的结晶,也是代表的大学士徐桐③氏出现了。他不但连算学也斥为洋鬼子的学问;他虽然承认世界上有法兰西和英吉利这些国度,但西班牙和葡萄牙的存在,是决不相信的,他主张这是法国和英国常常来讨利益,连自己也不好意思了,所以随便胡诌出来的国名。他又是一九〇〇年的有名的义和团的幕后的发动者,也是指挥者。但是义和团完全失败,徐桐氏也自杀了。政府就又以为外国的政治法律和学问技术颇有可取之处了。我的渴望到日本去留学,也就在那时候。达了目的,入学的地方,是嘉纳先生所设立的东京的弘文学院④;在这里,三泽力太郎先生教我水是氧气和氢气所合成,山内繁雄先生教我贝壳里的什么地方其名为"外套"。这是有一天的事情。学监大久

①"八股文":明清科举考试制度所规定的一种公式化的文体,它用"四书""五经"中的文句命题,每篇由破题、承题、起讲、入手、起股、中股、后股、束股八个部分构成。后四部分是主体,每一部分有两股相比偶的文字,合共八股,所以叫作八股文。

②侯失勒(FDWDHerschel,1792—1871):通译"赫歇耳",英国天文学家、物理学家。《谈天》的中译本共十八卷,附表一卷,出版于1859年。雷侠儿(CDLyell,1797—1875):通译"赖尔",英国地质学家。

③徐桐(1819—1900):汉军正蓝旗人,清末顽固派官僚。光绪间官至大学士。他反对维新变法,出于维护清朝统治的目的,他又曾利用义和团势力,围攻外国使馆。八国联军攻入北京时自缢而死。

④弘文学院:一所专门为中国留学生设立的学习日语和基础课的预备学校。校址在东京牛挓区西五轩町。创办人为嘉纳治五郎(1860—1938),学监为大久保高明。

保先生集合起大家来，说：因为你们都是孔子之徒，今天到御茶之水①的孔庙里去行礼罢！我大吃了一惊。现在还记得那时心里想，正因为绝望于孔夫子和他的之徒，所以到日本来的，然而又是拜么？一时觉得很奇怪。而且发生这样感觉的，我想决不止我一个人。

但是，孔夫子在本国的不遇，也并不是始于二十世纪的。孟子批评他为"圣之时者也"②，倘翻成现代语，除了"摩登圣人"实在也没有别的法。为他自己计，这固然是没有危险的尊号，但也不是十分值得欢迎的头衔。不过在实际上，却也许并不这样子。孔夫子的做定了"摩登圣人"是死了以后的事，活着的时候却是颇吃苦头的。跑来跑去，虽然曾经贵为鲁国的警视总监③，而又立刻下野，失业了；并且为权臣所轻蔑，为野人所嘲弄，甚至于为暴民所包围，饿扁了肚子。弟子虽然收了三千名，中用的却只有七十二，然而真可以相信的又只有一个人。有一天，孔夫子愤慨道："道不行，乘桴浮于海，从我者，其由与？"④从这消极的打算上，就可以窥见那消息。然而连这一位由，后来也因为和敌人战斗，被击断了冠缨，但真不愧为由呀，到这时候也还不忘记从夫子听来的教训，说道"君子死，冠不免"⑤，一面系着冠缨，一面被人砍成肉酱了。连唯一可信的弟子也已经失掉，孔子自然是非常悲痛的，据说他一听到这信息，就吩咐去倒掉厨房里的肉酱云。

---

①御茶之水：日本东京的地名。汤岛圣堂即在御茶之水车站附近。

②"圣之时者也"：语见《孟子·万章》。

③警视总监：日本主管警察工作的最高长官。孔丘曾一度任鲁国的司寇，掌管刑狱，相当于日本的这一官职。

④"道不行，乘桴浮于海"等句：见《论语·公冶长》。桴，用竹木编的筏子。由，孔子的弟子仲由，即子路。意为"我的治国大道不能施行于天下，不如乘着木舟，泛舟远洋。"

⑤"君子死，冠不免"：语见《左传》哀公十五年："下石乞、孟黡敌子路，以戈击之，断缨。子路曰：'君子死，冠不免。'结缨而死。"

孔夫子到死了以后，我以为可以说是运气比较的好一点。因为他不会啰唆了，种种的权势者便用种种的白粉给他来化妆，一直抬到吓人的高度。但比起后来输入的释迦牟尼①来，却实在可怜得很。诚然，每一县固然都有圣庙即文庙，可是一副寂寞的冷落的样子，一般的庶民，是决不去参拜的，要去，则是佛寺，或者是神庙。若向老百姓们问孔夫子是什么人，他们自然回答是圣人，然而这不过是权势者的留声机。他们也敬惜字纸，然而这是因为倘不敬惜字纸，会遭雷殛（jí）的迷信的缘故；南京的夫子庙固然是热闹的地方，然而这是因为另有各种玩耍和茶店的缘故。虽说孔子作《春秋》而乱臣贼子惧②，然而现在的人们，却几乎谁也不知道一个笔伐了的乱臣贼子的名字。说到乱臣贼子，大概以为是曹操，但那并非圣人所教，却是写了小说和剧本的无名作家所教的。

总而言之，孔夫子之在中国，是权势者们捧起来的，是那些权势者或想做权势者们的圣人，和一般的民众并无什么关系。然而对于圣庙，那些权势者也不过一时的热心。因为尊孔的时候已经怀着别样的目的，所以目的一达，这器具就无用，如果不达呢，那可更加无用了。在三四十年以前，凡有企图获得权势的人，就是希望做官的人，都是读"四书"和"五经"，做"八股"，别一些人就将这些书籍和文章，统名之为"敲门砖"。这就是说，文官考试一及第，这些东西也就同时被忘却，恰如敲门时所用的砖头一样，门一开，这砖头也就被抛掉了。孔子这人，其实是自从死了以后，也总是当着"敲门砖"的差使的。

一看最近的例子，就更加明白。从二十世纪的开始以来，孔夫子的运

①释迦牟尼（Sakyamuni，约前565—前486）：原古印度北部迦毗罗卫国净饭王的儿子，后出家修道，成为佛教创始人。佛教于西汉末年开始传入我国。

②孔子作《春秋》而乱臣贼子惧：语出《孟子·滕文公》。

气是很坏的,但到袁世凯①时代,却又被从新记得,不但恢复了祭典,还新做了古怪的祭服,使奉祀的人们穿起来。跟着这事而出现的便是帝制。然而那一道门终于没有敲开,袁氏在门外死掉了。余剩的是北洋军阀,当觉得渐近末路时,也用它来敲过另外的幸福之门。盘据着江苏和浙江,在路上随便砍杀百姓的孙传芳②将军,一面复兴了投壶之礼;钻进山东,连自己也数不清金钱和兵丁和姨太太的数目了的张宗昌③将军,则重刻了《十三经》,而且把圣道看作可以由肉体关系来传染的花柳病一样的东西,拿一个孔子后裔的谁来做了自己的女婿。然而幸福之门,却仍然对谁也没有开。

这三个人,都把孔夫子当作砖头用,但是时代不同了,所以都明明白白地失败了。岂但自己失败而已呢,还带累孔子也更加陷入了悲境。他们都是连字也不大认识的人物,然而偏要大谈什么《十三经》之类,所以使人们觉得滑稽;言行也太不一致了,就更加令人讨厌。既已厌恶和尚,恨及袈裟,而孔夫子之被利用为或一目的的器具,也从新看得格外清楚起来,于是要打倒他的欲望,也就越加旺盛。所以把孔子装饰得十分尊严时,就一定有找他缺点的论义和作品出现。即使是孔夫子,缺点总也有的,在平时谁也不理会,因为圣人也是人,本是可以原谅的。然而如果圣人之徒出来胡说一通,以为圣人是这样,是那样,所以你也非这样不可的

①袁世凯曾于1914年2月通令全国"祭孔",公布《崇圣典例》,同年9月28日他率领各部总长和一批文武官员,穿着新制的古祭服,在北京孔庙举行祀孔典礼。
②孙传芳(1885—1935):山东历城人,北洋直系军阀。当他盘踞东南五省时,为了提倡复古,于1926年8月6日在南京举行投壶古礼。投壶,古代宴会时的一种娱乐,宾主依次投矢壶中,负者饮酒。《礼记·投壶》孔颖达注引郑玄的话,说投壶是"主人与客燕饮讲论才艺之礼"。
③张宗昌(1881—1932):山东掖县人,北洋奉系军阀。1925年他任山东督军时提倡尊孔读经。

话，人们可就禁不住要笑起来了。五六年前，曾经因为公演了《子见南子》①这剧本，引起过问题，在那个剧本里，有孔夫子登场，以圣人而论，固然不免略有欠稳重和呆头呆脑的地方，然而作为一个人，倒是可爱的好人物。但是圣裔们非常愤慨，把问题一直闹到官厅里去了。因为公演的地点，恰巧是孔夫子的故乡，在那地方，圣裔们繁殖得非常多，成着使释迦牟尼和苏格拉第②都自愧弗如的特权阶级。然而，那也许又正是使那里的非圣裔的青年们，不禁特地要演《子见南子》的原因罢。

中国的一般的民众，尤其是所谓愚民，虽称孔子为圣人，却不觉得他是圣人；对于他，是恭谨的，却不亲密。但我想，能像中国的愚民那样，懂得孔夫子的，恐怕世界上是再也没有的了。不错，孔夫子曾经计划过出色的治国的方法，但那都是为了治民众者，即权势者设想的方法，为民众本身的，却一点也没有。这就是"礼不下庶人"。成为权势者们的圣人，终于变了"敲门砖"，实在也叫不得冤枉。和民众并无关系，是不能说的，但倘说毫无亲密之处，我以为怕要算是非常客气的说法了。不去亲近那毫不亲密的圣人，正是当然的事，什么时候都可以，试去穿了破衣，赤着脚，走上大成殿去看看罢，恐怕会像误进上海的上等影戏院或者头等电车一样，立刻要受斥逐的。谁都知道这是大人老爷们的物事，虽是"愚民"，却还没有愚到这步田地的。

四月二十九日。

---

①《子见南子》：林语堂作的独幕剧，发表于《奔流》第一卷第六期（1928 年 11 月）。1929 年山东曲阜第二师范学校学生排演此剧时，当地孔氏族人以"公然侮辱宗祖孔子"为由，联名向国民党政府教育部提出控告，结果该校校长被调职。参看《集外集拾遗补编·关于〈子见南子〉》。

②苏格拉第（Sokrates，前 469—前 399）：普译为"苏格拉底"，古希腊哲学家，保守的奴隶主贵族的思想代表。

论"人言可畏"①

"人言可畏"是电影明星阮玲玉②自杀之后,发见于她的遗书中的话。这哄动一时的事件,经过了一通空论,已经渐渐冷落了,只要《玲玉香消记》一停演,就如去年的艾霞③自杀事件一样,完全烟消火灭。她们的死,不过像在无边的人海里添了几粒盐,虽然使扯淡的嘴巴们觉得有些味道,但不久也还是淡,淡,淡。

---

①本篇发表于 1935 年 5 月 20 日《太白》半月刊,署名赵令仪。

②阮玲玉:原名阮阿根。曾名玉英。中国无声电影时期著名影星,民国四大美女之一。生于上海,祖籍广东香山县(今中山市南朗左步头村人)。由于父亲早逝,阮玲玉自孩童时期随母亲为人帮佣,母亲节衣缩食供她上学。1926 年为自立谋生奉养母亲,阮玲玉考入明星影片公司,开始其电影艺术生涯,《野草闲花》《神女》《新女性》等。阮玲玉成名后陷于同张达民和唐季珊的名誉诬陷纠纷案,因不堪舆论诽谤于 1935 年妇女节当日服安眠药自尽,噩耗传来震惊电影界,各方唁电不可胜数,上海 20 余万民众走上街头为其送葬,队伍绵延三里,鲁迅曾为此撰写本文。阮玲玉生前出演电影 29 部,但历经乱世战火,目前仅发现 9 部幸存。

③艾霞:当时的电影演员,于 1934 年 2 月间自杀。

这句话,开初是也曾惹起一点小风波的。有评论者,说是使她自杀之咎,可见也在日报记事对于她的诉讼事件的张扬;不久就有一位记者公开地反驳,以为现在的报纸的地位,舆论的威信,可怜极了,哪里还有丝毫主宰谁的运命的力量,况且那些记载,大抵采自经官的事实,绝非捏造的谣言,旧报具在,可以复按。所以阮玲玉的死,和新闻记者是毫无关系的。

这都可以算是真实话。然而——也不尽然。

现在的报章之不能像个报章,是真的;评论的不能逞心而谈,失了威力,也是真的,明眼人决不会过分地责备新闻记者。但是,新闻的威力其实是并未全盘坠地的,它对甲无损,对乙却会有伤;对强者它是弱者,但对更弱者它却还是强者,所以有时虽然吞声忍气,有时仍可以耀武扬威。于是阮玲玉之流,就成了发扬余威的好材料了,因为她颇有名,却无力。小市民总爱听人们的丑闻,尤其是有些熟识的人的丑闻。上海的街头巷尾的老虔婆,一知道近邻的阿二嫂家有野男人出入,津津乐道,但如果对她讲甘肃的谁在偷汉,新疆的谁在再嫁,她就不要听了。阮玲玉正在现身银幕,是一个大家认识的人,因此她更是给报章凑热闹的好材料,至少也可以增加一点销场。读者看了这些,有的想:"我虽然没有阮玲玉那么漂亮,却比她正经";有的想:"我虽然不及阮玲玉的有本领,却比她出身高";连自杀了之后,也还可以给人想:"我虽然没有阮玲玉的技艺,却比她有勇气,因为我没有自杀。"花几个铜元就发见了自己的优胜,那当然是很上算的。但靠演艺为生的人,一遇到公众发生了上述的前两种的感想,她就够走到末路了。所以我们且不要高谈什么连自己也并不了然的社会组织或意志强弱的滥调,先来设身处地地想一想罢,那么,大概就会知道阮玲玉的以为"人言可畏",是真的,或人的以为她的自杀,和新闻记事有关,也是真的。

但新闻记者的辩解,以为记载大抵采自经官的事实,却也是真的。上海的有些介乎大报和小报之间的报章,那社会新闻,几乎大半是官司已经吃到公安局或工部局去了的案件。但有一点坏习气,是偏要加上些描写,对于女性,尤喜欢加上些描写;这种案件,是不会有名公巨卿在内的,因此也更不妨加上些描写。案中的男人的年纪和相貌,是大抵写得老实的,一遇到女人,可就要发挥才藻了,不是"徐娘半老,风韵犹存",就是"豆蔻年华,玲珑可爱"。一个女孩儿跑掉了,自奔或被诱还不可知,才子就断定道,"小姑独宿,不惯无郎",你怎么知道?一个村妇再醮了两回,原是穷乡僻壤的常事,一到才子的笔下,就又赐以大字的题目道,"奇淫不减武则天",这程度你又怎么知道?这些轻薄句子,加之村姑,大约是并无什么影响的,她不识字,她的关系人也未必看报。但对于一个智识者,尤其是对于一个出到社会上了的女性,却足够使她受伤,更不必说故意张扬,特别渲染的文字了。然而中国的习惯,这些句子是摇笔即来,不假思索的,这时不但不会想到这也是玩弄着女性,并且也不会想到自己乃是人民的喉舌。但是,无论你怎么描写,在强者是毫不要紧的,只消一封信,就会有正误或道歉接着登出来,不过无拳无勇如阮玲玉,可就正做了吃苦的材料了,她被额外地画上一脸花,没法洗刷。叫她奋斗吗?她没有机关报,怎么奋斗;有冤无头,有怨无主,和谁奋斗呢?我们又可以设身处地地想一想,那么,大概就又知她的以为"人言可畏",是真的,或人的以为她的自杀,和新闻记事有关,也是真的。

然而,先前已经说过,现在的报章的失了力量,却也是真的,不过我以为还没有到达如记者先生所自谦,竟至一钱不值,毫无责任的时候。因为它对于更弱者如阮玲玉一流人,也还有左右她命运的若干力量的,这也就是说,它还能为恶,自然也还能为善。"有闻必录"或"并无能力"的话,都不是向上的负责的记者所该采用的口头禅,因为在实际上,并不如此,——它是有选择的,有作用的。

至于阮玲玉的自杀,我并不想为她辩护。我是不赞成自杀,自己也不豫备①自杀的。但我的不豫备自杀,不是不屑,却因为不能。凡有谁自杀了,现在是总要受一通强毅的评论家的呵斥,阮玲玉当然也不在例外。然而我想,自杀其实是不很容易,决没有我们不豫备自杀的人们所渺视的那么轻而易举的。倘有谁以为容易么,那么,你倒试试看!

自然,能试的勇者恐怕也多得很,不过他不屑,因为他有对于社会的伟大的任务。那不消说,更加是好极了,但我希望大家都有一本笔记簿,写下所尽的伟大的任务来,到得有了曾孙的时候,拿出来算一算,看看怎么样。

五月五日。

---

①豫备:现代汉语作"预备"。下同。

从帮忙到扯淡①

"帮闲文学"②曾经算是一个恶毒的贬辞,——但其实是误解的。

《诗经》是后来的一部经,但春秋时代,其中的有几篇就用之于侑(yòu)酒;屈原是"楚辞"的开山老祖,而他的《离骚》,却只是不得帮忙的不平。到得宋玉③,就现有的作品看起来,他已经毫无不平,是一位纯粹的清客了。然而《诗经》是经,也是伟大的文学作品;屈原宋玉,在文学史上还是重要的作家。为什么呢?——就因为他究竟有文采。

中国的开国的雄主,是把"帮忙"和"帮闲"分开来的,前者参与国家大

---

①本篇发表于 1935 年 9 月《杂文》月刊。

②作者 1932 年曾在《帮忙文学与帮闲文学》(后收入《集外集拾遗》)的讲演中说:"那些会念书会下棋会画画的人,陪主人念念书,下下棋,画几笔画,这叫做帮闲,也就是篾片!所以帮闲文学又名篾片文学。"

③宋玉:战国后期楚国诗人,顷襄王时任大夫,著有《九辩》等。《史记·屈原贾生列传》中说他与唐勒、景差等"皆好辞而以赋见称,然皆祖屈原之从容辞令,终莫敢直谏"。

事,作为重臣,后者却不过叫他献诗作赋,"俳优蓄之"①,只在弄臣之例。不满于后者的待遇的是司马相如②,他常常称病,不到武帝面前去献殷勤,却暗暗地作了关于封禅的文章,藏在家里,以见他也有计划大典——帮忙的本领,可惜等到大家知道的时候,他已经"寿终正寝"了。然而虽然并未实际上参与封禅的大典,司马相如在文学史上也还是很重要的作家。为什么呢? 就因为他究竟有文采。

但到文雅的庸主时,"帮忙"和"帮闲"的可就混起来了,所谓国家的柱石,也常是柔媚的词臣,我们在南朝的几个末代时,可以找出这实例。然而主虽然"庸",却不"陋",所以那些帮闲者,文采却究竟还有的,他们的作品,有些也至今不灭。

谁说"帮闲文学"是一个恶毒的贬辞呢?

就是权门的清客,他也得会下几盘棋,写一笔字,画画儿,识古董,懂得些猜拳行令,打趣插科,这才能不失其为清客。也就是说,清客,还要有清客的本领的,虽然是有骨气者所不屑为,却又非搭空架者所能企及。例如李渔的《一家言》③,袁枚的《随园诗话》,就不是每个帮闲都做得出来的。必须有帮闲之志,又有帮闲之才,这才是真正的帮闲。如果有其志而无其才,乱点古书,重抄笑话,吹拍名士,拉扯趣闻,而居然不顾脸皮,大摆架子,反自以为得意,——自然也还有人以为有趣,——但按其实,却不过"扯淡"而已。帮闲的盛世是帮忙,到末代就只剩了这扯淡。

六月六日。

①"俳优蓄之":语见《汉书·严助传》:"朔(东方朔)、皋(枚皋)不根持论,上顾俳优蓄之。"

②司马相如(约公元前179—前118):字长卿,汉族,巴郡安汉县(今四川省南充市蓬安县)人,一说蜀郡(今四川成都)人,西汉辞赋家,中国文化史文学史上杰出的代表。有明显的道家思想与神仙色彩。

③《一家言》:又名《闲情偶寄》。

1. 所以历史上亡国败家的原因，每每归咎女子。糊糊涂涂的代担全体的罪恶，已经三千多年了。男子既然不负责任，又不能自己反省，自然放心诱惑；文人著作，反将他传为美谈。所以女子身旁，几乎布满了危险。除却他自己的父兄丈夫以外，便都带点诱惑的鬼气。

    ——《我之节烈观》

2. 但从事理上推想起来，娜拉或者也实在只有两条路：不是堕落，就是回来。 ——《娜拉走后怎样》

3. 可惜中国太难改变了，即使搬动一张桌子，改装一个火炉，几乎也要血；而且即使有了血，也未必一定能搬动，能改装。不是很大的鞭子打在背上，中国自己是不肯动弹的。我想这鞭子总要来，好坏是别一问题，然而总要打到的。 ——《娜拉走后怎样》

4. 人生最苦痛的是梦醒了无路可以走。做梦的人是幸福的；倘若看出可走的路，最要紧的是不要去惊醒他。 ——《娜拉走后怎样》

5. 天才并不是自生自长在深林荒野里的怪物，是由可以使天才生长的民众产生，长育出来的，所以没有这种民众，就没有天才。

    ——《未有天才之前》

6. 不过在戏台上罢了，悲剧将人生的有价值的东西毁灭给人看，喜剧将那无价值的撕破给人看。 ——《再论雷峰塔的倒掉》

7. 这人肉的筵宴现在还排着，有许多人还想一直排下去。扫荡这些食人者，掀掉这筵席，毁坏这厨房，则是现在的青年的使命！

    ——《灯下漫笔》

8. 中国人的不敢正视各方面，用瞒和骗，造出奇妙的逃路来，而自以

182

为正路。在这路上,就证明著国民性的怯弱,懒惰,而又巧滑。

——《论睁了眼看》

9. 文艺是国民精神所发的火光,同时也是引导国民精神的前途的灯火。……世界日日改变,我们的作家取下假面,真诚地,深入地,大胆地看取人生并且写出他的血和肉来的时候早到了;早就应该有一片崭新的文场,早就应该有几个凶猛的闯将!

——《论睁了眼看》

10. 惟有民魂是值得宝贵的,惟有他发扬起来,中国才有真进步。

——《学界的三魂》

11. 真的猛士,敢于直面惨淡的人生,敢于正视淋漓的鲜血。

——《记念刘和珍君》

12. 惨象,已使我目不忍视了;流言,尤使我耳不忍闻。我还有什么话可说呢? 我懂得衰亡民族之所以默无声息的缘由了。沉默呵,沉默呵! 不在沉默中爆发,就在沉默中灭亡。

——《记念刘和珍君》

13. 中国人的性情是总喜欢调和,折中的。譬如你说,这屋子太暗,须在这里开一个窗,大家一定不允许的。但如果你主张拆掉屋顶,他们就会来调和,愿意开窗了。　　——《无声的中国》

14. 外国用火药制造子弹御敌,中国却用它做爆竹敬神;外国用罗盘针航海,中国却用它看风水;外国用鸦片医病,中国却拿来当饭吃。同是一种东西,而中外用法之不同有如此,盖不但电气而已。

——《电的利弊》

15. 我们从古以来,就有埋头苦干的人,有拚命硬干的人,有为民请命的人,有舍身求法的人,……虽是等于为帝王将相作家谱的所谓"正史",也往往掩不住他们的光耀,这就是中国的脊梁。

——《中国人失掉自信力了吗》

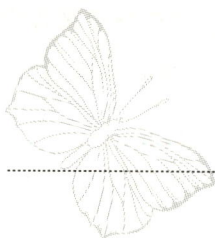

读后感

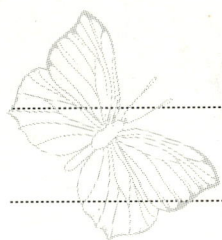

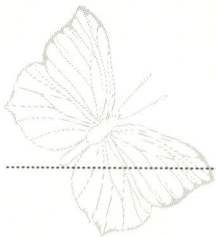

读 后 感